KB032969

목마 퓨전 판타지 장편소설
WISHBOOKS FUSION FANTASY STORY

13

목마 퓨전 판타지 장편소설

초판 1쇄 찍은 날 | 2020년 6월 12일
초판 1쇄 펴낸 날 | 2020년 6월 19일

지은이 | 목마
펴낸이 | 예경원

기획 | 위시북스
편집책임 | 이은송
편집 | 위시북스

펴낸곳 | 예원북스
등록번호 | 제396-2012-000132호
등록일자 | 2012. 7. 25
KFN | 제1-544호

주소 | 경기도 고양시 일산동구 호수로 646-24 위너스21Ⅱ빌딩 206A호 (우)10401
전화 | 031-819-9431 팩스 | 031-817-9432
E-mail | yewonbooks@naver.com

ISBN 979-11-365-3193-3 04810
　　　979-11-6424-342-6 (set)

Wish Books
무공을 배우자
13
목마 퓨전 판타지 장편소설
WISHBOOKS FUSION FANTASY STORY

CONTENTS

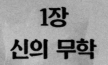

1장
신의 무학

강요라지만 갑작스럽다.

백현은 눈을 끔벅거리며 아진을 바라보았다. 그의 손바닥 위에 떠오른 불길은 둥그런 원이 되어 밝은 빛을 발하고 있었다.

그것은 백현도 알고 있는 힘이었다.

'신력……?'

혈사자가 내뿜던 신력과 비슷했다. 하지만 비교 대상으로 삼을 수는 없었다. 아진의 신력은 혈사자와 비교할 수 없을 정도로 강렬했다.

"……계약이요?"

"그래."

"끙……."

아진이 고개를 끄덕거렸다.

백현은 떨떠름한 표정을 지으며 앓는 소리를 냈다. 여태까지 백현에게 계약을 권한 존재는 꽤 많았지만, 백현은 단 한 번도 계약을 받아들인 적이 없었다.

"그건 싫은데……."

"거절하면 안 된다는 것은 느끼고 있을 텐데?"

아진이 피식 웃으며 물었고, 백현은 눈썹을 찌푸렸다.

알다마다. 하지만 싫은 건 어쩔 수 없는 일이다.

"정확히 어떤 계약인데요?"

"나는 널 사도로 삼을 셈이다."

더 싫어졌다.

"아까도 말했다시피, 난 마왕의 영지에서 힘을 쓸 수가 없어. 하지만 사도를 통해서라면 이야기가 달라지지. 너는 나와 계약한 신자(信者)가 되고, 나는 네가 살아남을 수 있는 힘을 빌려준다. 문제 될 것은 없잖아?"

"그건 그런데."

"원래 세계로 탈출하고 싶다며? 방법은 이것뿐이야. 너 혼자서는 절대로 마왕의 영지에서 살아남을 수 없을 테니까."

부정할 수 없는 말이다. 심장이 뛰지 않는 몸. 영체. 파라넥트가 있기는 하지만 거짓 불멸성이 작용할지도 미지수고, 이 영체가 도원경에서처럼 불사라는 것도 아직 확인하지 못했다. 게다가 상대는 미지수의 힘을 가진 마왕이다.

"뭘 주저하는 거냐?"

"계약하기 싫어서요."

"왜?"

"내가 그런 걸 좋아했다면 어비스에서 군주들의 계약을 걷어찼겠어요?"

백현의 말에 아진은 큭큭 웃어버렸다.

"왜. 계약을 통해 얻은 힘이 공정하지 못한 것 같아서? 네가 수행해 쌓은 힘이 아니라 껄끄러운가?"

"그런 것도 있고……."

"상황 파악이 안 되나 본데. 나와 계약하는 것 외의 방법은 존재하지 않아. 지조 있는 것은 좋지만, 상황에 따라서 굽힐 줄도 알아야지. 정 굽히기 싫다면 양보를 하던가."

"할 말 없게 만드시네."

"당장의 상황을 타개할 것에나 몰두하란 말이다. 어차피 서로 목적을 이루고 나면 피차 볼 일도 없는데."

그 말에 백현은 고개를 갸웃거렸다.

"볼 일이 없다고요? 계약은?"

"아, 그게 걱정인가? 이 계약은 일시적이다. 서로 목적을 이루고 나면 파기할 거고, 설령 파기되지 않는다고 해도 네가 고향으로 돌아가고 나면 자연스럽게 소멸하게 될 거다. 네 세계에서 나는 신격으로서 인정되지 않으니까."

그 또한 이해하기 힘든 말이었다. 신격으로서 인정되지 않는다는 말은 또 뭔가?

하지만 이해하는 것을 떠나서, 아진의 말은 옳았다. 당장은 이 상황을 타개하는 것이 중요했다.

"알았어요."

고개를 끄덕인 순간. 기다렸다는 듯이 아진이 백현을 향해 손을 뻗었다.

이런 식으로 계약을 맺는 것은 처음이다. 하지만 과정은 이래도 되나 싶을 정도로 간단했다.

상의를 벗어 내리고 앉은 백현은 왼쪽 가슴을 힐긋거리며 내려 보았다. 여전히 심장은 뛰지 않고 있었지만, 지금 백현의 가슴에는 둥그런 원 모양의 각인이 새겨져 있었다.

"난 당신의 이름은 처음 들었지만."

괜히 손으로 한번 만져본다. 각인은 피부 아래에 그려놓은 것처럼, 손으로 만진다고 해서 다른 감촉이 느껴지진 않았다.

"선계에 있을 적에, 여휘가 투덜거리는 소리를 들은 적은 있어요. 투신의 사자로서 타 차원의 신격과 만나러 갔다가, 소득 없이 돌아와 뺨을 꼬집혔다고."

"최근에는 오지도 않더군."

아진은 허공에 가부좌를 틀고 앉아 있었다.

그는 감고 있던 눈을 반개하고서 백현을 내려다보았다.

"인간이면서 최초로 절대신격에 올랐다기에 근성이 있을 줄 알았더니. 두 번 거절하니 사자를 더 보내지도 않더군. 삼고초려라는 말도 모르나?"

여휘가 말한 타 차원의 신격이 바로 아진이었다. 휘하에 별개의 선계를 두고서 신선들을 거느리고, 무수히 많은 인간의 신앙을 통해 신격을 양산하고 있다는. 설마 그런 존재를 이곳에서 만나게 될 줄이야.

"그런데. 아진 님은 왜 여기 와 계세요? 마계가 명계를 침략한 것이 꼴 보기 싫어서?"

"놈들이 뭘 하든 간에 내 알 바는 아니지. 내 쪽을 침략하지 않는다면 말이야."

아진은 다시 눈을 감았다.

"무수히 많은 세계가 있듯이 무수히 많은 명계가 있다. 존재가 죽으면…… 그 혼은 망자(亡者)가 되어 명계로 인도되지. 거기서 절차를 거쳐 환생하던가, 지옥에 떨어지던가…… 구제가 불가능하다 판단되면 결국에는 소멸이야. 죽은 이들은 무수히 많은 명계 중 한 곳으로 인도되지."

백현은 재수가 없었다. 운이 조금만 좋았더라면, 마왕에 점령된 이곳이 아니라 다른 명계로 흘러 들어갔을 것이다.

"원래라면 신경 쓰지 않았을 거다. 그런데 재수가 없었지. 내가 명계를 따로 만들기 직전에 내 세계의 혼들이 이곳으로 흘러들어 왔거든. 그 혼들이야 이미 마족들의 놀잇감이 되었겠지만, 그래도 기분은 별로더군."

"그래서?"

"딱히 무조건 해야 한다고 고집하는 것은 아니야. 너와 만나지 않았더라면, 그냥…… 기분이 잡친 상태로 돌아갔을 거다. 그런데 널 만나게 되어버렸지. 할 수 없던 것을 할 수 있게 된 거야. 그럼 하지 않을 이유가 있나?"

성격이 나쁘다. 이죽거리면서 비꼴 때도 알아보았지만, 저 존재는 백현이 만났던 신격 중 제일이라 할 정도로 성격이 뒤틀려 있었다.

"무엄한 생각은 하지 마라."

"네?"

"너와 신격과 신자로 계약하게 되었으니, 난 네 마음을 읽을 수 있단 말이다. 성격이 나쁘다는 것은 많이 들은 말이라 기분 나쁠 것도 없지만, 가만히 있다가 한 대 처맞은 건 나야."

괜히 계약했다는 생각이 들었다. 설마 마음을 읽히게 될 줄

이야.

죽상이 된 백현은 입술을 삐죽 내밀며 다시 옷을 챙겨 입었다. 그리고 그 즉시 운기행공을 해보았지만, 계약했다고 해서 뭔가 특별한 힘이 느껴지지는 않았다.

"내가 너에게 아무런 힘을 보내고 있지 않으니까."

묻지도 않았는데 아진이 대답해 주었다. 이번에도 백현의 마음을 읽은 것이다.

"……지금 뭐 하시는 건가요?"

"네 과거를 보고, 이해하고 있지."

"아니, 뭐라고요?"

"꽤 흥미가 가는 건 어쩔 수 없잖아. 마침 다 봤다. 천무성? 세상에는 재능 넘치는 놈들이 뭐 그리 많은지. 재능 없는 놈은 뒤지란 건가."

'절대신격에 오른 존재가 할 말은 아닌 것 같은데.'

그렇게 생각한 순간, 아진이 고깝단 듯이 백현을 쏘아보았다.

백현은 괜히 찔끔하여 어깨를 으쓱거렸다.

"……너. 인과 개변의 방울을 사용했었군."

"그게 뭔지 아세요?"

"네 기억을 통해 본 것이 처음이긴 하지만, 알고는 있지. 그건 '관측자'의 장난감이다."

아진이 허공에서 내려왔다.

"관측자요?"

"역천자라고 했었나? 네 기억 속의, 괴상한 가면을 쓴 놈. 그놈이 말했잖아. 가장 오래되고 위대한 존재들. 절대성에조차 무료함을 느끼고 저 너머의 세계로 물러가, 모든 것을 내려다보고 있는 존재들이지."

"그런 대단한 분들이 왜 살령 같은 물건을 만든 거죠?"

"하나의 존재와 그로 인한 사건이 인과대로 흐르지 않는다면 어떻게 될까? 필연적으로 맞이해야 할 운명을 바꿔 버린다면? 물론 인과 개변의 방울을 사용한 놈은 인과율의 후폭풍에 죽을 수밖에 없지. 하지만 바뀌어 버린 결과는 남아. 관측자들은 그걸 보고 싶어 했던 거다."

"그걸 봐서 뭐가 이득이라고?"

"말했잖아, '관측자'라고. 인과 개변의 방울을 사용한다고 해서 놈들이 뭔가 이득을 취하는 것은 아니야. 그저 바뀌어 버린 결과를 확인하는 것으로 충분한 거지."

백현은 눈살을 찌푸렸다. 그만한 힘을 가진 물건을 고작 관측을 목적으로 만든 것이라고? 사용한다면 신격조차 살해할 수 있는 물건인데.

"그건 네가 그런 결과를 만들어낼 만한 힘을 갖고 있었기 때문이지. 인과 개변의 방울은 무조건 원하는 결과를 만들어내지 않는다."

"끙."

"원래는 소멸했어야 돼. 하지만…… 어떤 존재가 너 대신에 인과율의 후폭풍을 감당해 준 모양이군. 네가 이런 형태로나마 명계에 올 수 있었던 것도 다 그 때문이다."

심연의 왕좌인가?

"그 존재 말고 누가 네게 불어닥칠 대가를 감당하겠나? 하지만 묘하군. 너와 계약을 맺었는데…… 지금의 네게 그 존재의 잔재가 느껴지지 않아. 네가 죽어 일시적으로 끊어진 건가."

쿠르릉.

대지의 진동이 지하 거처를 흔들었다. 아진은 위를 힐긋 보며 중얼거렸다.

"밤이 끝났나 보군."

"밤에만 지형이 바뀌는 거예요?"

아진은 고개를 끄덕거렸다.

"그럼 지금 바로 출발하나요?"

"아니. 가고 싶어도 못 간다. 마왕성은 삼도천 너머의 명국(冥國)에 있다. 나야 상관없지만, 넌 이제 막 명계에 도착했으니…… 일주일은 있어야 돼."

'일주일!'

백현은 아랫입술을 잘근 씹었다.

악몽의 결정자는 죽고 난 뒤에 겪는 시간이 찰나일 수도 있고 영원일 수도 있다고 말했다. 시간의 흐름이 다르다면, 이곳의 일주일이 백현의 세계에서 일주일일지 한 달일지 몇 년일지 모르는 것이다.

"재촉해 봐야 소용없어. 명계에 도착한 존재는 '반드시' 일주일이 지나야만 삼도천을 건널 수 있다. 마계가 수고를 들어가며 명계를 침공한 이유 중 하나지. 점령만 한다면 이곳을 난공불락의 기지로 삼을 수 있을 테니까."

아진은 그렇게 말하면서 바닥에 털썩 앉았다.

"일주일……. 긴 시간은 아니지만, 넌 천무성이란 대단한 자질을 타고났으니. 필요한 것은 가르칠 수 있겠군."

"네? 뭘 가르쳐요?"

"네가 싸워야 할 적들. 그리고 싸우는 방법."

"그냥 싸우면……."

"네 무공이 꽤 대단하기는 하지만, 그것만으로 다 해 처먹을 거면 내가 너랑 계약을 왜 했겠나. 내 힘을 제대로 쓰기 위해서는 너도 쓰기 위한 방법을 알아야 한다."

결국, 무언가 새로운 것을 배운다는 말이다.

백현의 두 눈이 호기심으로 빛났다. 투신에 준한 존재의 가르침을 받을 수 있다는 것이 백현을 흥분시켰다.

"김칫국 퍼먹지 마라."

"네?"

"다시 만날 놈도 아니고, 일시적인 계약인데 내가 너한테 많은 것을 퍼줄 것이란 기대는 하지 말라고. 양심도 없는 자식 같으니."

"아니, 뭐…… 좋은 게 좋은 거니까……."

"내가 너에게 알려준 것들은 계약과 동시에 사라진다. 기억은 남겠지만…… 흠. 그냥 죽여 버리면 깔끔할 텐데."

아진의 중얼거림에 백현의 표정이 일그러졌다.

"뽑아먹을 거 다 뽑아먹고 버리겠다 이 말이에요?"

"뽑아먹을 생각을 한 건 네가 먼저 아니었나? 그리고 말이 그렇다는 거지. 정말 그러려고 했다면 말하지도 않았을 거야. 내가 조금이나마 선해진 것을 다행으로 알아라."

지금이 그나마 나아졌다는 말인데. 대체 과거에는 얼마나 성격이 나빴던 걸까.

"네 뒤에 선계가 있다는 것도 이유 중 하나지만…… 널 죽여 깔끔하게 하는 것보다는 살려두는 편이 언젠가 도움이 될지도 모르지."

"당신도 그, 내가 가진 가능성이나…… 재능. 그런 것에 주목하고 있는 건가요?"

"조금은. 우호적인 아군을 만들어 나쁠 것은 없지."

아진은 그렇게 말하면서 천장을 다시 쳐다보았다.

"지금 명계에는 한 명의 마왕이 와 있다. 침략을 성공적으로 끝내고 이 식민지의 주인이 된 놈이지."

"강한가요?"

"약하다면 침략에 실패했겠지. 마신의 등쌀에 떠밀려 외차 원으로 침략을 나간 마왕들은 대부분 침략에 실패해 소멸했 다. 침략을 성공했다는 것은 그것만으로도 대마왕이라 추앙 되기 충분한 거야. 하물며 명계는…… 여태까지 단 한 번도 외 적에게 침략된 적이 없던 곳이지."

"강하겠네요."

"너 혼자 덤비면 무조건 죽었을 거다. 무도(無道)의 마왕은 마계의 마왕 중 가장 어리지만, 마왕이 되어 마계에 온 순간 두 각을 보여 마신의 총애를 받던 놈이야."

"무도의 마왕."

백현은 작게 그 이름을 중얼거렸다.

"제법 대단한 놈이야. 인간이면서 마왕이 된 것도 이례적이 고, 다른 마왕들의 핍박 속에서도 확실하게 자신의 입지를 다 졌으니까."

"무도의 마왕이 인간이었다고요?"

"어떻게 마왕이 되었는지는 모르겠지만 말이다. 놈에 대한 정보는 많지 않아, 그나마 파악된 것은 무인이 아닌 마법사라 는 것인데……. 마법사와 싸워본 적은 있나?"

"조금요."

"별 도움은 안 될 거다. 필멸자의 마법과 초월자, 마왕의 마법은 아예 다르다고 생각하는 것이 편하니."

아진은 그렇게 중얼거리면서 백현을 향해 손을 뻗었다.

찌릿!

백현의 가슴에 새겨진 각인에서 전류가 흘렀다. 이윽고 욱신거리는 통증이 각인을 중심으로 퍼져 나갔다.

하지만 백현은 신음 소리 하나 흘리지 않았다. 아픔을 참는 것이 아니었다. 통증과 동시에, 머릿속으로 밀려들어 온 '정보'가 백현의 정신을 아득하게 만들었다.

"진 천마신공."

찌르르 울리는 머리를 양손으로 부여잡았다.

"벽력천광, 초풍진각…… 그리고."

아진이 건네준 무공들. 그것들은 어마어마한 수준의 신공 절학이었다. 하지만 그 모든 무공은, 지금 백현의 머릿속에 새겨진 하나의 무공에 비교하면 한없이 작게 느껴졌다.

"무극도."

그건 틀림없는 신의 무학이었다.

백현은 잠시 아무런 말도 하지 않고, 양손으로 머리를 싸매고 앉아 있었다.

그럴 수밖에 없었다. 아진의 손짓 한 번으로 머릿속에 새겨진 무공들. 천무성을 떠나서 광적으로 무공을 탐닉하고 수행해 온 백현의 혼을 쏙 빼놓기에 충분했다.

'이게 뭐야?'

탐닉할수록 의문은 부풀어간다. 머릿속에 새겨진 것들은 틀림없는 신의 무학이었다.

특히 '무극도.'

아진이 전해준 무공뿐만이 아니라, 무극도는 백현이 기존에 익힌 모든 무공에도 영향을 주어 응용이 가능했다. 그것은 파천신화공과 마찬가지로 무(武) 자체라고 할 수 있었다.

'그런데.'

도무지 이해가 안 된다. 무극도뿐만이 아니라, 다른 무공들 전부! 이것들을 펼치면 '어떻게' 되고, '어떤' 위력을 뿜어낼지는 확실히 알 수 있었으나, 이 무공들이 '어떻게' 펼쳐지는 것인지는 도무지 이해할 수가 없었다.

"이해하려 들지 마라."

비웃음 섞인 목소리가 들린다.

백현은 감고 있던 눈을 뜨고 고개를 들었다. 어느새 아진은 의자에 앉아 손으로 턱을 괴고 백현을 내려다보고 있었다.

"그런 식으로 네 머릿속에 넣어준 것이니 말이야."

"네?"

"게임해 본 적 없나? 네 세계에도 게임은 있었을 것 아냐?"

'갑자기 게임 얘기는 왜 나와?'

백현은 눈을 찡그리며 아진을 올려보았다.

신도가 신을 보기에는 불손하기 짝이 없는 시선이었으나, 아진은 그를 탓하지 않았다. 오히려 백현이 의문을 느끼는 것 자체를 즐기는 것 같았다.

"왜, 게임에 항상 나오잖아."

"뭐가요?"

"스킬."

'뭔 소리인지 모르겠다.'

백현이 빤히 쳐다보자, 아진이 키득거리며 웃는다.

"말 그대로, 스킬이랑 똑같다는 거다. 게임…… 그러니까, 아무 게임이나. 일단 '스킬'이 있는 게임에서. 보통은 키보드나, 핸드폰이나…… 스킬로 지정해 둔 버튼 하나만 누르지. 안 그래?"

"네 뭐…… 그렇죠."

"그러면 스킬이 나가고. 이해는 필요 없잖아. 캐릭터가 어떻게 움직여서, 무슨 생각을 하는지는 중요치 않아. 그냥 스킬 버튼을 눌러서, 스킬이 나갔다. 이게 전부지."

"제 머릿속에 있는 것들이 그냥 스킬이라고요?"

"그래. 펼치는 법도 알게 되었을 텐데?"

그래서 더 혼란스럽고 이해가 되지 않는 것이다. 이만한 힘을 가진 무공들이, 그냥 쓰겠다고 생각만 하면 펼칠 수 있다니?

"말로 들어 이해하는 것보다는 직접 해보는 편이 빠를 거다."

백문이 불여일견이다.

백현은 떨떠름한 표정으로 아진에게 받은 무공들을 떠올렸다. 무극도를 제외하고 가장 보편적으로 사용할 수 있을 법한 무공은 '진 천마신공'이었다.

써본다.

아진의 말대로였다. 진 천마신공. 이 대단한 무공을 펼치는 것에 이해 따위는 필요하지 않았다. 단순히 사용한다고 생각하고, 그게 끝이다.

백현의 몸에서 시커먼 어둠이 치솟았다. 이 자그마한 공간의 모든 기(氣)가 백현의 지배하에 놓였다. 그건 파천신화공을 펼칠 때와는 사뭇 다른 감각이었다.

백현은 자신을 중심으로 하여 드리운 어둠을 멍한 눈으로 보았다. 펼치고 있는 지금도, 내공이 어떻게 움직이고 어떤 묘리와 구결을 통해서 펼쳐진 것인지 조금도 이해되지 않았다.

하지만 진 천마신공이 펼쳐진 것은 틀림없었고, 지금도 백현의 지배하에 운용되고 있었다.

묘리가 이해되지는 않았지만, 심안을 통해 보면서 진 천마신공이 어떤 식의 강기공인지는 얼추 이해가 되었다. 기공이란 단전의 내공을 사용하는 것이 당연한 것인데, 진 천마신공은 공간에 존재하는 모든 종류의 기를 지배하여 강기로 변환하고 있었다.

이런 식의 기공이 존재할 수 있다니! 이건 일반적인 무리를 벗어난 무학이었다.

"싫어."

"아직 아무 말도 안 했는데요……."

휙 고개를 돌린 백현을 보며, 아진은 주저 없이 거절을 말했다.

아진은 입술을 삐죽 내민 백현을 보며 고개를 가로저었다.

"널 제자로 거두는 것도, 네게 전한 무공들을 제대로 가르치는 것도 싫다."

"궁금한데……."

"몇 번을 말하게 하는 거냐? 너와 나의 계약은, 서로가 목적을 이루었을 때 종료된다. 난 더 이상 네가 섬기는 신이 아니게 되고, 너 또한 내가 전해준 무공을 쓸 수 없게 될 거야."

아깝다는 생각이 들었다. 이만한 무공을 놓치는 것보다는, 이렇게 접한 이 위대한 무학들에게서 아무것도 깨우칠 수 없다니!

탄식하는 백현을 향해 아진은 쯧쯧 혀를 찼다.

"욕심이 과한 줄 알아야지."

"스킬…… 스킬이라니. 이런 대단한 무공들이……!"

"과유불급이라는 말도 모르나? 네가 그 무공을 어떻게든 이해하고 깨우치려 드는 것은 말릴 생각이 없다만, 불필요한 노력은 하지 마라. 시간은 일주일밖에 없어."

"끙……."

"그 무공들. 기존의 네가 익힌 무공들과 병행해 쓰기 위해서는 제법 많은 노력을 해야 할 거다."

스킬로서 사용되는 무공들이다. 백현은 진 천마신공과 파천신화공의 강기공을 동시에 펼쳐보았다.

아진의 말대로였다. 생각했던 것만큼 유연하게 펼쳐지지 않는다. 애초부터 다른 원리로 펼치는 무공이라 그런지, 완전히 따로 노는 느낌이었다.

"일주일 동안 네가 해야 할 일은, 내 무공들을 펼쳐 싸우는 것에 숙달되는 거야. 그래야 내가 널 써먹기 편해지니까. 특히 무극도."

아진은 절대로 백현을 제자로 들일 생각도, 제대로 된 가르침을 전할 생각도 없어 보였다. 그를 납득한 백현은 더 이상 아진에게 조르지 않았다.

그는 사뭇 진지한 얼굴이 되어 아진의 말을 경청했다.

"무극도를 얼마나 잘 써먹느냐가 기본이야. 무극도가 더해지지 않는 이상 마왕과 맞서는 것은 포기해라."

"……이 정도로도 충분한 것 같은데요?"

"오만한 건지 멍청한 건지. 아니면 둘 다냐?"

또 사람 속을 긁는다.

백현은 뚱한 눈으로 아진을 올려보았다.

"신격 하나를 조지고 왔다고 기고만장하지 마. 그건 인과 개변의 방울이 일으킨 기적일 뿐이었어. 네가 여태까지 싸우고 쓰러뜨린 군주들? 마룡왕이란 놈을 제외하면 원래는 신격에 도달하지도 못했을 놈들이다. 그 마룡왕조차도 너에 대한 호의로 제대로 싸워주지도 않았지. 검무희도 마찬가지야. 네 천의무봉과 파천강기가 압도적인 유리함을 만들어냈기 망정이지, 원래라면 넌 검무희와 검령에게도 썰려 죽었어야 돼."

신랄한 독설이 쏟아졌다. 아진의 모든 말들은 계약을 통해 알게 된 백현의 기억에 기인했기에, 그 모두가 백현이 반박할 수 없는 진실들이었다.

"무도의 마왕은 인간 출신이기는 해도 마계의 수많은 마왕 중 초고속으로 마신의 인정을 받은 놈이다. 여태까지 함락된 적 없는 명계를 최초로 함락한 놈이기도 하고."

"오만한 게 아니라……."

"그런 형편이 되고도 네 광기가 널 파멸시키는 것을 깨닫지 못한 거냐?"

슬며시 입을 열었던 백현의 입술이 다시 닫혔다.

"네가 왜 이런 꼴이 되었지? 싸우고 싶다, 알고 싶다, 그따위 욕구의 충동질에 몸을 맡겼기 때문이지. 나라면 검무희를 쓰러뜨리고 검령을 놓치게 된 순간, 섣불리 검령을 따라나서지 않았을 거다. 아니, 따라나섰다고 해도. 검령이 묵주 목걸이의 주술과 함께 어비스로 떨어졌을 때, 반드시 물러섰을 거야. 왜? 무슨 일이 벌어질지 모르니까. 내가 어떻게 될지 모르니까."

"그건……."

"그 상황에서 너는 대단한 사명감 같은 것도 없었지. 그래서 결국 어떻게 됐지? 인과 개변의 방울이 없었다면 그냥 뒈졌겠지."

"그래도 혈사자는 죽였잖아요. 역천자의 일도 망쳤고."

"어, 참 잘했다. 혈사자는 뒈졌지. 하지만 역천자는? 네가 이러고 있는 동안 역천자가 가만히 손 놓고 있을 것 같아?"

"아, 그럼 어떻게 해야 했는데요?"

"나라면 우선 '내가' 사는 것을 우선으로 뒀을 거다. 뭔지도 모르는 상황에 뛰어드는 것보다는 대체 어떻게 된 것인지 파악하려 했을 거고. 역천자가 원하는 것을 이루고, 혈사자가 자유를 얻었다면? 그것을 '확실히' 확인한 뒤에 어떻게 해야 할지를 생각했겠지. 혼자서 안 된다면 라이 룽이나 발렌시아 같은 조력자의 도움을 얻었을 거고. 그리고 네게는 마룡왕이라는 카드가 있었어. 네가 도와달라고 부탁한다면, 마룡왕이 과연 거절했을까?"

백현은 쉽게 대답할 수 없었다. 마룡왕에게 도움을 청한다는 생각은 전혀 해본 적이 없었다.

"……그럼 늦었을 걸요. 내가 그곳에 가지 않았다면 역천자가……."

"세상이 어찌 되든 알 바 아니라 생각했던 건 너였어."

아진의 목소리가 차갑게 가라앉았다.

"네 희생이 무가치했다고 말하고 싶지는 않아. 하지만 앞뒤 가리지 않고 뛰어드는 것은 용기가 아니라 광기다. 그리고, 네 광기는 '싸우고 싶다'는 감정의 산물이지. 투쟁심도 아니야. 넌 그냥 '재미있어서', 그게 전부였다."

'갑자기 왜 이런 말을 하는 걸까.'

그런 생각을 했을 때였다. 아진이 손가락을 튕겼다.

퍼억!

강렬한 충격이 백현의 의식을 날려 버렸다. 뒤로 기우뚱 넘어가던 백현은 간신히 양손으로 땅을 디뎠다.

"상황을 망치고 싶지 않기 때문이야."

아진이 내뱉은 목소리는 얼음장처럼 차가웠다. 그의 감정에 따라 지하의 공기가 냉동고처럼 차갑게 변했다.

"네 광기가 상황을 망치지 않도록 말이다. 그리고…… 이런 말은 그리 하고 싶지 않았지만, '무극도'는 마음의 무학이다. 네가 익힌 파천신화공처럼 무(武) 자체를 담았다는 것은 같지만, 무극 도는 보다 까다롭다. 이건 네 마음 하기 따라 달린 무학이니까."

아진은 그렇게 숭얼거리면서 백현을 향해 손가락을 까딱거렸다. 그러자 백현이 움직이기도 전에, 그의 몸이 아진을 향해 끌려갔다.

"사람이 감정적으로 모순을 품는 것이야 흔해 빠진 일이지.

모순을 바로 잡으라는 말은 하지 않아. 하지만, 적어도 마계에서는 광기보다 목적을 우선해라."

"네."

"쓴소리 들었다고 삐지진 않는 모양이군. 다행이야."

"틀린 말도 아니었는데요, 뭐."

"그런데 말이야. 난 딱히 널 위로하고 있는 것이 아니니까, 역겨운 생각은 하지 마라."

병 주고 약 주는 것이라 생각했는데, 그 마음을 읽혀 버렸다. 백현은 멋쩍은 웃음을 지었다.

아진은 심드렁한 표정으로 백현의 이마를 향해 손을 뻗었다.

"네 영체는 불완전해."

그의 손에서 피어오른 빛이 백현의 이마를 감쌌다.

"도원경과 똑같다 생각하지 마라. 이곳에서 네 영체가 파괴된다면, 넌 윤회 없이 그대로 소멸해 버린다. 이 정도 상처야 내가 돌볼 수 있지만. 무슨 말인지 알겠나?"

"그거 확인시키려고 때린 거예요?"

"아니, 네가 병신 같아서 때렸다."

아진은 주저 없이 그렇게 대답했다.

"일주일이다. 네가 삼도천을 건널 수 있는 일주일 동안, 무극도를 중점으로 내 무공을 수행해라. 일주일이 흘렀을 때 성에 안 찬다면…… 시간을 더 쓸 수밖에."

"알았어요."

백현은 고개를 끄덕거렸다.

결국, 자기 목적을 반드시 이루기 위한 행동이지만, 백현은 아진의 조언을 허투루 흘려듣지 않았다. 광기의 위험에 대한 교훈은 이곳에 온 것으로 충분히 깨우쳤다.

"아진 님은 그런 적 없어요?"

가부좌를 틀고 앉으면서, 백현은 소리 내어 질문했다.

"목적보다는 광기에 휘둘린 적 말이에요."

"없을 리가."

아진이 중얼거렸다.

"하지만 난 내 광기에 삼켜져 일을 그르친 적이 없어. 도저히 어쩔 수 없던 상황은 있었지만, 결국 내 의도대로 되었지. 이번에도 그럴 거야."

그 중얼거림에는 의심 없이 확고한 믿음이 있었다. 그를 마지막으로 백현은 더 이상 아진에게 질문하지 않았다.

무공을 스킬로 사용한다는 것은 여전히 낯설었지만, 백현은 천천히 무극도를 펼쳐보았다.

'파천신화공과 다르다.'

백현은 감은 눈을 뜨고서 자신의 손을 내려다보았다. 이건……
백현이 익힌 그 어떤 무공과도 달랐다.

'마음의 무학.'

이 무공에는 형태가 없다.

'기존의 무공⋯⋯. 쓸 수 있는 것들.'

그들은 흐트러진 곳 없이 완전하였지만, 무극도는 그런 무공들을 '절대적'으로 만들어낸다.

움직이는 손, 파리 하나 잡지 못할 정도로 힘을 뺀 손마저⋯⋯. 마음을 어찌 먹느냐에 따라 그 손짓마저도 절대적인 권능으로 바꾸어낸다.

'아.'

무리(武理)로 이해할 수가 없다. 스킬로 펼친 것. 단지 그런 '기능'을 가지고 있을 뿐.

백현은 상반된 감정을 느껴 버렸다. 무극도를 이해할 수 없다는 아쉬움과, 이런 식으로 접해서 다행이라는 안도감.

'이렇게 쉽게 얻었다면 허무했을 거야.'

그냥, 언젠가⋯⋯. 도달하게 될 것을 잠시 체험하는 것뿐이라고 생각했다. 이해할 수 없다고 해도, 신의 무학을 접한다는 것은 그것만으로도 대단한 일이다.

백현은 한참 동안 앉아서 무극도를 비롯한 다른 무공에 빠져들었다. 무리를 이해하는 것보다는 경험한다는 것에 중점을 두었다. 이 경험은 아진과의 계약이 끝나고도 남는다.

'천무성이라.'

아진은 가늘게 뜬 눈으로 백현을 내려 보았다. 집중력이 대단한 것이야 놀랄 일도 아니다. 놀라운 것은……

'너무 뛰어난 놈을 장기 말로 삼아버렸나.'

계약이 끝나면 무극도를 비롯한 스킬들은 백현에게서 사라진다. 하지만 경험은 남을 테고, 놈이 가진 터무니없는 재능은 그 경험을 통해 앞으로 나아가야 할 길을 극단적으로 줄여 버릴 것이다.

솔직히 짜증 나는 일이다.

'그렇다고 써먹지 않을 수도 없고.'

뛰어난 재능. 이 상황에서 장기 말로 삼기에는 더할 나위 없다. 머저리를 장기 말로 삼았다간 벌인 일을 수습하지도 못할 터이니.

하지만 그다음……

'저놈을 빼 오거나 죽이면, 선계와 적이 되는 건가?'

그건 귀찮은 일이다. 마신이 있는데 투신과 드잡이질을 하고 싶지는 않다. 저놈을 어찌한다고 해서 투신이 눈을 뒤집을 것 같지는 않지만. 적어도 선계의 신선들과는 적대 관계가 될 것이다.

'들키지 않으면 문제없지.'

생각만 할 뿐이다. 아진은 백현을 어찌할 생각이 없었다. 그와 함께 명계를 떠나는 것도 생각해 보았지만, 그렇게 된다면 '어비스'가 있는 백현의 세상이 문제가 된다.

백현이 침묵하는 동안 아진은 머릿속에서 저울질을 해보았다. 퓨어세인트를 방관하면 어떻게 될지.

'역천자보다는 퓨어세인트.'

맹목적인 혼돈의 사도보다, 그쪽이 더 위험성이 짙다. 아직 확인하지 못한 추측이 맞을 때의 이야기지만.

'결국, 돌려보내야 하는군.'

백현을 죽여선 안 된다. 아진의 세상으로 데려가서도 안 된다. 놈은, 어비스가 있는 고향으로 돌아가야만 했다.

"그런데요."

돌연 백현이 입을 열었다. 아진은 숙이고 있던 고개를 들어 백현을 바라보았다.

"삼도천을 건너고 나서, 그다음은 어떻게 해야 하는 거죠?"

"쉽지만 위험한 방법이 있고, 어렵지만 위험한 방법이 있는데. 뭐 할래?"

"……차이가 뭐죠?"

"파악하지 못한 상황에 따라 갈리지. 결국 '운'이야."

"……일단 쉽지만, 위험한 방법이 뭔가요?"

주저하듯 물었지만 백현의 눈에 긴장과 걱정은 없었다. 오히려 흥미로 빛나고 있었다.

"몰래 들어가는 것은 불가능해. 삼도천을 건너기 위해서는 반드시 '배'를 타야 한다. 그리고 그 '배'는, 지금은 마족들이 관리하고 있다."

"그러면 처음부터 싸워야겠네요."

"다행인 건 삼도천의 배를 관리하는 것이 무도의 마왕 본인이 아니라는 거다. 놈은 정복 이후 마왕성에 칩거하고 있고, 삼도천은 놈의 군단에 속한 고위 마족이 관리하고 있지."

'어찌 됐든 싸워야 하는 것 아닌가?'

백현이 그런 생각을 했을 때였다. 아진이 혀를 찼다.

"무조건 싸우는 것이 쉽지만 위험한 방법이다. 생각 없이 힘으로 돌파하면 되니까. 단, 그렇게 되었을 때는 삼도천을 건넌 순간 모든 마족의 환영을 받게 될 거다."

"……어…… 그러면 어렵지만, 위험한 방법은?"

"난 이쪽이 낫다고 본다. 나라면 일단 이 방법을 택했을 거야."

아진이 물끄러미 백현을 쳐다본다.

"……저도 그거로 할게요."

백현은 얌전히 고개를 끄덕거렸다.

"잘 된다면 삼도천을 건너서 마왕성까지 쉽게 갈 수 있을 거야. 잘 안 된다면……. 뭐, 달라지는 건 없어. 쉽지만 위험한 방법으로 바뀌어 버리는 거지."

"뭘 어떻게 해야 하는 거예요?"

"일단 하나 묻자."

아진이 백현을 향해 다가오라 손짓했다. 백현은 슬그머니 아진에게 다가가 고개를 기울였다.

"너. 거짓말은 자신 있나?"

2장
자격이 없소

"이 정도면 되었군."

백현이 명계에 오고 일주일이 되던 날. 아진은 별다른 시험도 하지 않고서 고개를 끄덕거렸다.

일주일 동안 백현이 수행하는 것을 곁에서 지켜보았다지만, 직접 확인하려 들지 않은 것은 의외였다.

"굳이 시험할 것은 없지. 네 수준이야 듣고 시험하지 않아도 확인할 수 있으니까."

"어, 그래도, 한번 시험이나 해보는 것이……."

"네 마음이 훤히 읽히고 있다는 것은 벌써 잊은 거냐. 넌 그냥 나랑 한번 싸워보고 싶은 거잖아."

백현은 멋쩍어 웃어버렸다. 시험을 떠나, 아진과 한번 싸워

보고 싶다는 것이 본심이었다.

조르는 시선으로 아진을 보았지만, 그는 백현의 바람을 들어주지 않았다.

"한 번만 싸워주시면 안 되나요. 연습이나 놀이 삼아서."

"쓸데없는 짓에 힘 빼려 들지 마. 그리고 너와 난 신과 신자로 계약된 상태라, 네가 원하는 싸움 같은 건 할 수도 없어."

한 번 더 조르는 말에 아진은 냉정히 대답했다. 그러면서 백현을 향해 이리 오라고 손짓했다.

"암기는 제대로 했나?"

"네."

아진과 싸워볼 수 없다는 것에 짙은 아쉬움을 느끼긴 했지만, 백현은 부름대로 아진에게 다가갔다.

"삼도천을 관리하고 있는 마족은 제루올 사쟌. 사쟌 가문의 가주이고, 한때 풍운의 마왕의 부하. 하지만 무도의 마왕이 풍운의 마왕을 살해하고 그의 영지를 차지하여, 이제는 '무도의 마왕'의 부하가 되었죠."

"그리고?"

"제루올 사쟌을 비롯해서, 이곳의 고위 마족들은 무도의 마왕을 탐탁지 않게 생각하고 있어요. 마족이 아닌 인간 출신이라는 것 때문이죠."

"제루올과 사쟌 가문은 마계에서도 유명한 순혈(純血) 가문이다. 친족끼리 근친상간을 거리낌 없이 벌이던 놈들이지."

"마족은 유전병 같은 것도 없나요."

"없어. 근친상간으로 세를 키워온 순혈 가문은 마계에 드물지도 않아. 제루올은 그런 순혈 가문의 가주이자, 마계 내 순혈파에서도 높은 지위를 가진 놈이다. 그런 놈이 인간 출신 마왕을 인정할 리가 없지."

아진은 비웃는 표정을 지으며 말했다.

백현이 명계에 도착하기 전부터, 아진은 명계와 자신의 세계에서 마족에 대한 정보를 모아왔다. 그리고 백현은 무공 수행을 병행하며 아진이 파악한 정보들을 모조리 암기했다.

"내가 무도의 마왕이라면, 나 싫다는 놈을 굳이 부하로 두지는 않았을 것 같은데."

"상징성이지. 저런 불온 종자를 휘하에 거느리는 것만으로도 능력이 있어 보이잖아. 실제로 무도의 마왕은 능력 있는 놈이다. 자기를 인정하지 않는 고위 마족들을 휘하에 두고서 명계를 함락시켰으니 말이야."

아진의 손이 백현을 향해 뻗어졌다. 진한 어둠이 그의 손끝에서 풀려나와 백현의 몸을 휘감았다.

백현은 저항하지 않고 가만히 서 있었다. 그의 몸을 휘감은 어둠이 옷이 되었다.

백현은 뺨을 가릴 정도로 높이 솟은 깃과 거추장스러운 망토를 펄럭거리며 눈을 찡그렸다.

"그런데, 꼭 이렇게 해야 하는 거예요?"

"겉으로 보이는 것이 중요한 거다. 그리고 말투. 내가 고치라고 했을 텐데?"

"아, 이게 좀 어려운데……."

"해."

"크흠…… 이러면 되었소?"

"왜 하필 그런 말투냐?"

아진이 눈을 찡그리며 물었다. 백현은 대답이 마땅찮아 어색한 웃음을 지었다.

아진은 혀를 차며 고개를 가로저었다.

"……뭐, 마룡왕의 말투도 나쁘지는 않지. 제법 고리타분해 보이기도 하고."

"그렇다면 다행이오."

"됐어. 그럼…… 넌 누구냐?"

아진이 눈을 가늘게 뜨고서 물었다. 백현은 표정과 목소리를 가다듬고 입을 열었다.

위엄 넘치게 휘어진 뿔이 제법 거슬렸다. 걸을 때마다 질질 끌리는 망토나, 높은 옷깃, 어깨 뽕도. 평생 이런 옷을 입어본 적이 없다지만, 이건 너무 과하게 느껴진다.

[그게 중요한 것이라고 몇 번을 말해야 하는 거냐.]

마음속에서 스멀스멀 번져가는 불만에 아진이 쏘아붙인다.

백현은 쩝 입맛을 다시며 몸을 덮고 흘러내린 망토의 맵시를 바로잡았다.

아진의 모습은 보이지 않는다. 지금 그는 백현의 '안'에 들어와 있었다.

[일단은 운도 필요하겠지만 말이야. 기껏 운이 좋은데, 네가 제대로 하지 못하면 일이 어려워져.]

'이런 식의 거짓말은 해본 적이 없는데.'

[처음이 어렵지 하면 쉽다.]

'말이야 쉽지.'

백현은 입술을 삐죽 내밀었다. 거짓말을 해본 적이 없는 것은 아니지만, 이런 거짓말은 처음이다. 게다가 스케일도 만만찮게 크다.

'잘될까요?'

[조건은 충분해. 상황도 얼추 맞고. 네가 잘하는 만큼 의심은 줄어든다.]

백현은 표정을 가다듬고서 고개를 끄덕거렸다.

그는 지금 삼도천으로 들어가는 나루터에 와 있었다.

삼도천의 나루터는 실제로 존재하는 장소가 아니다. 일주일의 시간을 보낸 혼이 삼도천에 마주 설 때. 어느 곳에서든 나루터가 나타난다. 물론 말이 나루터지, 폐허와 다를 것 없었다.

왜 이런 모습인지는 묻지 않았다. 일주일 동안 아진에게 많은 이야기를 들은 덕분이었다.

삼도천 너머의 염라국을 함락시킨 무도의 마왕과 그 군대는, 삼도천 건너의 땅을 방치하고 있었다.

이 땅은 거대한 시체 매립지였다. 염라국을 정벌하는 과정에서 얻은 막대한 혼. 그중 쓸모없는 것들을 모조리 이곳에 '버렸다'. 그렇게 방치된 혼들은 이곳에서 존재를 상실당해 아귀가 되었다.

[놈들은 이 땅을 혼의 여과기로 쓰고 있다. 아직 이 세계는 명계로 작용하고 있고, 온갖 세계에서 죽은 혼들이 이곳으로 인도되지. 아무리 마족이 영혼을 갖고 노는 것을 즐긴다지만, 명계를 정복하는 과정에서 놈들은 넘칠 만큼의 혼을 차지했다. 더 필요가 없을 정도로 말이야.]

그 어떤 혼이든 명계로 인도되면 일주일의 시간을 보내고서야 삼도천을 건널 수 있게 된다.

본래라면 백현도 명계에 도달한 순간, 아귀가 아닌 저승사자를 만나 필요한 이야기를 들었을 것이다.

일주일은 명계에 도달한 혼들이 자신이 죽었음을 받아들이기 위한 시간이다. 누군가는 자신의 죽음을 쉽게 인정하고, 누군가는 인정하지 못한다. 후회하고, 안타까워하고, 분노하고…… 그런 모든 감정이 죽음 이후의 업(業)이 되어, 삼도천을 건넌 후의 처지를 가른다.

[물론 지금은 그렇게 쓰이지 않지. 이곳은 아귀가 넘치는 지옥이 되었으니 말이야. 이 지옥에 도착한 혼들은, 일주일이 지나기 전에 대부분이 아귀에게 죽는다. 살아남은 놈들은, 헤매다 결국 이 나루터에 도착하지.]

백현은 공중에 달린 종을 바라보았다. 지저분한 끈에 매달린, 마찬가지로 지저분한 종.

백현이 나루터에 도착해 가장 먼저 한 것이 저 종을 울리는 일이었다.

[어떤 심성을 가지고 있느냐에 따라, 차라리 아귀에게 먹혀 소멸되는 것이 나았을지도 모르지. 일주일을 버텨 삼도천에서 종을 울려도, 마중을 나오는 것은 저승사자도 사신도 아니다. 마족이지. 가뜩이나 삼도천을 관리하고 있는 것은 순혈이란 자부심이 넘쳐흐르는 사쟌 가문의 가주다. 아귀 지옥에서 일주일을 버틴 나름 가치 있는 혼이라지만, 제 루올은 놈들을 장난감으로 쓰다 버릴 뿐이야.]

우우우…….

고요하던 삼도천의 물결이 흔들린다. 불길한 소리와 함께 칙칙한 안개가 스멀거리며 퍼져 나간다.

백현은 동요하지 않고 나루터의 끝자락에 서 있었다.

[이제야 오는군. 게을러 빠진 새끼 같으니.]

아진이 짜증 섞인 목소리로 독설을 쏟아냈다.

백현은 마지막으로 생각을 정리했다. 내가 누구인지.

물론 그는 백현이었지만, 앞으로는 절대 백현이어서는 안 되었다. 특히 지금은 더더욱.

무언가가 물살을 가르고 다가오는 소리가 들린다. 짙은 안개는 무엇이 다가오는지 알 수 없게 만들었다.

백현의 표정에 긴장은 없었다. 그는 오히려 눈썹을 약간, 아주 약간 찡그렸다. 입매는 꾹 힘을 주었고 어깨는 편하게 풀었다.

무언가가 앞에 있다. 안개 너머, 바로 앞에.

백현은 슬쩍 손을 들어 흔들었다. 무엇인지 모를 것에 대한 인사가 아니라, 이 상황이 마뜩잖다는 듯이. 앞을 가리고 있는 안개가 불쾌하다는 듯이.

[아무 말이나 해라. 네가 결코 하찮은 존재가 아니며, 이렇게 세워둘 존재가 아니라는 뜻을 담아서.]

"언제까지 보고만 있을 셈이오?"

크지 않게, 적당히. 중얼거리듯 말했다. 공력이 실린 목소리는 낮음에도 안개를 뒤흔들어, 모두가 들을 수 있을 정도였다.

그러자 안개가 엷어진다. 그제서야 백현은 앞에 있는 것이 무엇인지 알 수 있었다. 그건 거대한 배였다.

백현은 흉측한 마귀 두상이 달린 뱃머리를 응시했다.

여전히 당황하지 않는다. 저 배에 대해서도 이미 아진에게 들었기 때문이다. 제루올 사쟌의 전함. 지금에 이르러서는 삼도천을 건널 수 있는 유일한 배라고 했다.

"……누구십니까?"

난간 너머, 갑판의 누군가가 머리를 내밀었다.

백현은 대답하지 않았다. 대신 눈썹을 더욱 찡그렸다. 그것뿐인데도 머리를 내민 마족은 꿀꺽 침을 삼켰다.

"저…… 누구십……."

"그대는 내가 누구인지 알 자격이 없소."

힘을 주어 내뱉었다. 머릿속에 들리는 아진의 어드바이스대로 한 행동이었다. 그러자 마족의 어깨가 움찔 떨린다.

백현은 천천히 손을 들어 마족을 가리켰다. 길게 뻗은 손가락이 자신을 향했을 때, 마족은 헉하고 숨을 삼키며 표정을 굳혔다.

백현은 잠시 마족을 향해 손가락을 겨누다, 천천히 아래로 내렸다.

"……그 무례함은 용서해 주겠소. 그러니, 더 날 언짢게 하지 마시오. 내가 누구인지 궁금하거든, 그를 알 만한 자격이 있는 자를 데려오도록 하시오."

"가, 감사합니다."

마족은 고개를 푹 숙였다. 그리고 그 고개가 들리기도 전에, 콰직! 발로 짓밟은 캔처럼 마족의 몸이 짓뭉개졌다.

"자비를 베풀어주어 고맙네."

위로 숫구친 핏물이 후둑거리며 떨어진다. 백현은 동요 없이 그것을 지켜보았다.

대뜸 위에서 떨어져 마족을 발로 짓뭉개 죽여 버린 남자는, 숙였던 몸을 일으켜 백현을 내려 보았다.

"하지만 나로서는 부하의 무례함과 한심함을 용서하기 힘들군."

"한심함이라?"

"꼬리를 만 개처럼 군 것 말이야."

남자가 입꼬리를 올려 웃었다. 촘촘히 맞물린 맹수처럼 날카로운 이빨은 사람의 것보다 훨씬 많았다.

[저놈이다.]

'그래 보여요.'

아진이 머릿속에 대고 소곤거린다.

백현은 싸늘한 눈으로 제루올 사잔을 올려보았다. 잠시 동안 둘은 다른 높낮이에서 서로를 응시했다.

백현은 천천히 손을 뻗었다. 완전히 뻗은 백현의 손이 제루올을 겨누었을 때도, 제루올은 반응하지 않았다.

"내려오시오."

백현은 조용히 말했다. 제루올의 눈썹이 위로 솟았다.

제루올을 가리켰던 손이 천천히 아래로 내려간다. 백현은 자신의 앞을 가리키며 말을 이었다.

"귀공에게는 나를 내려 볼 자격이 없소."

"하하! 지금 누구 앞에서 그따위 건방을 떠는지는 아는가?"

"알다마다. 귀공은 사쟌 가문의 가주, 제루올 사쟌 아니오. 그를 알기 때문에, '내려오라'는 말을 하는 것이오. 이건 내가 귀공을 존중하고 예우해 주고 있다는 뜻이기도 하오."

"존중과 예우?"

"귀공이 그를 바라지 않는다면, 난 귀공에게 무례함을 묻도록 하겠소. 부디 현명한 판단을 내리길 바라오."

제루올은 잠시 동안 아무런 말도 하지 않았다.

침묵 속에서 아진만이 박수를 치며 웃었다.

[자신 없다더니, 잘만 하는군.]

마룡왕을 참고한 것이 다행이었다.

제루올은 여전히 침묵하고 있었다. 그는 이 상황이 무척이나 기묘하고, 저 '존재'를 결코 감정대로 다루어선 안 된다는 것을 확실히 느끼고 있었다.

'……마왕?'

백현에게서 느껴지는 짙은 마기. 순혈 가문이라 해도 감히 견줄 수 없는 순수한 마기. 바로 그것 때문이었다.

제루올은 잠깐의 침묵 동안 백현의 모습을 응시하며 저런 모습의 마왕이 있는가를 고민했다.

"귀공은 현명하지 못한 모양이오."

백현이 중얼거렸다. 들으라고 한 말이다.

제루올은 입꼬리를 씰룩거리며 웃었다. 그리곤 천천히 발을 떼어 걸었다.

짓밟아 죽인 마족의 피가 끈적하게 늘어나 갑판 위에 붉은 족적을 새겼다.

제루올은 난간 앞에서 잠시 멈추었다가, 훌쩍 뛰어 백현의 앞으로 내려왔다.

"상황이 기묘하단 것은 이해하겠나?"

"물론 이해하고 있소. 그렇기에 몇 번의 무례를 참아준 것이오."

백현은 뻗었던 손을 내리며 말했다. 제루올은 어깨를 으쓱거리며 백현의 눈을 빤히 보았다.

"자, 이제는 자네가 누구인지 들을 수 있겠지?"

여기서부터가 중요하다. 백현은 천천히 고개를 끄덕거리며 말했다.

"제루올 사장. 명심하시오."

"……갑자기 무얼?"

"내가 누구인지 알게 된 순간부터, 귀공의 말과 행동 그 모든 것이 어떤 의미를 갖는지. 부디 내가 지적하는 일 없이, 귀공 스스로 현명히 판단하기를 바라오. 귀공 개인을 떠나 사챤 가문을 위해서 말이오.”

그 말에 제루올의 얼굴이 딱딱하게 굳었다.

그는 저 말을 단순한 협박으로 치부하지 않았다. 하지만 기억을 헤집어보아도 저런 모습을 한 마왕은 없었다. 만약에 눈앞의 존재가 마왕이 맞다 한들, 저런 존재가 예고 없이 이곳에 나타났다는 것은…….

“……알았네.”

제루올은 굳은 표정을 유지하며 고개를 끄덕거렸다.

아진이 머릿속에서 웃었다. 조건은 충분했다. 이제는 선고하여 상황을 확정해야 한다.

“난 전능하고 위대한 마신의 직속 감찰부 소속 감찰관, 베키누스라고 하오.”

느리고 덤덤한 선언에 제루올의 눈이 부릅떠졌다.

“갑작스레 찾아오게 된 것, 허니 귀공의 무례를 몇 번이고 용서한 것이오. 하지만 이 방문이 갑작스러운 것에 사과하지는 않겠소. 미리 전하고 찾아오는 감찰에 무슨 의미가 있겠소?”

“……으음…….”

제루올은 낮은 신음을 흘리며 꿀꺽 침을 삼켰다. 이제야 그는 이 기묘한 상황과 순수한 마기를 내뿜는 베키누스라는 존재와 그가 명심하라 한 말을 이해할 수 있었다.

"내가 누구인지 알았다면."

백현은 천천히 손을 들어 제루올의 배를 가리켰다.

"이 강을 건널 수 있도록 협조하시오."

"……알겠습니다."

제루올은 깊이 고개를 숙였다.

베키누스가 누구인지 알게 된 순간부터, 제루올의 말과 행동 그 모든 것이 어떤 의미를 갖는지. 제루올 개인을 떠나 사쟌 가문을 위하라는 것……. 모두 이해하고 납득했다.

마신 직속 감찰부 소속의 감찰관. 베키누스를 향한 제루올의 모든 언행은, 베키누스가 아닌 마신에게 향하는 것이다.

배가 움직인다.

방을 안내해 주겠다는 말을 거절하고서, 백현은 굳이 갑판에 나와 있었다.

그는 뒷짐을 지고 서서 흐르는 삼도천을 바라보았다.

[원래라면 삼도천을 건널 때 많은 과정과 관문을 거쳐야 한다.]

아진이 말했다.

[삼도천은 죽어 이 강을 건너는 혼이, 살아서 또 죽어서 쌓은 업을 명계에서 가장 먼저 판가름하지. 업에 따라 삼도천을

건너는 것이 쉽고 편할 수도, 어렵고 오래 걸릴 수도 있다.]

'지금은요?'

[그런 기능은 마족 놈들이 명계를 침략한 순간 박살 났어. 지금은 그저 넓은 강일 뿐이다. 이 배를 타지 않고서는 절대 건널 수 없기는 하지만 말이야.]

백현은 살짝 고개를 끄덕거렸다.

감찰관을 사칭하지 않았더라면, 가장 먼저 제루올과 그 부하들을 상대해야 했을 것이다. 그들을 모조리 죽이고서 이 배를 탈취하거나, 아니면 목줄을 부여잡고 강 너머로 데려가라고 협박했을 것이다.

[그것만 해도 쉽지는 않았을 거야. 마왕보다 급이 떨어지기는 해도, 제루올은 고위 마족이다. 별것도 없는 놈이 순혈 가문의 가주랍시고 으스댔겠어?]

'뭐 안 싸웠으니 됐죠.'

[천무성이라 그런가? 거짓말 못 한다더니, 그 정도면 훌륭해.]

'다 아진 님의 어드바이스가 훌륭했기 때문입니다.'

무조건 띄워주는 말은 아니었다. 제루올과 이야기하는 내내, 아진은 백현이 어떤 행동을 하고 어떤 식으로 말을 해야 할지에 대해 세세히 알려주었다.

[그것도 있기는 하겠지만.]

부정은 안 하는군. 백현은 자신도 모르게 피식 웃어버렸다

[제루올이 바로 태세를 바꿔 네게 협조적으로 나오는 것은, 놈이 무도의 마왕에게 적대감을 가지고 있기 때문이야.]

'그래요?'

[감찰관의 역할이 뭐라 생각하냐. 쉽게 말하면, 고위직을 조지는 거다. 제루올은 부디 이 감찰을 통해 무도의 마왕이 조져지기를 바라고 있을 거다.]

'그런가?'

백현은 슬쩍 고개를 돌렸다. 제루올은 멀지 않은 곳에 있었다.

아까의 오만불손함은 조금도 보이지 않는다. 마치 시종이라도 된 것처럼 백현의 뒤쪽에 공손히 서 있던 제루올은, 백현과 시선이 마주치자 빙그레 미소 지으며 백현에게 다가왔다.

"무언가 불편한 점이라도 있으십니까?"

"아니, 괜찮소."

"이 강은 무척 길고 물길이 험합니다. 거슬리는 관문은 모조리 박살 냈지만, 강 자체는 어찌할 수 없더군요. 강을 완전히 건너 염라국에 도착하기 위해서는 못해도 이틀은 가야 합니다."

"그것은 이미 알고 있소. 그렇기 때문에 명계를 식민지로 삼은 무도의 마왕의 공이 큰 것이오. 이 세계는 타고난 천혜의 요지이고, 가꾸기에 따라 난공불락의 요새가 될 잠재력을 가지고 있소."

머릿속에서 아진의 조언을 받고 있기 때문에, 그를 바탕으로 한 백현의 말은 느릴 수밖에 없었다.

하지만 제루올은 그것을 의심하지 않았다. 그런 여유를 권위라 받아들이는 모양이었다.

[표정을 잘 봐라.]

아진이 조언했다.

과연. 무도의 마왕이 세운 공을 치하하듯 말하자, 제루올의 입매가 살짝 굳어 있었다.

[슬슬 작업하도록 하지.]

백현의 눈이 가늘어졌다. 자신을 빤히 보는 시선에 제루올은 굳은 입매를 유연한 웃음으로 바꾸었다.

"무슨 일이라도……?"

"제루올 공. 부디 의심 없이 듣도록 하시오."

"아, 예. 물론입니다."

제루올이 고개를 끄덕거렸다.

"귀공은 이 배의 수하들을 완전히 신뢰하고 있소?"

"……예?"

갑작스러운 말에 제루올은 바로 대답하지 못했다. 감찰관이 왜 저런 것을 묻는지 그 속내를 짐작할 수가 없었다.

"질문을 이해하지 못하였다면, 다시 묻겠소. 제루올 공. 이 배의 수하 중 무도의 마왕과 끈이 닿은 자는 정녕 없는 것이오?"

이어지는 말 또한 의중을 알 수 없는 말이었다.

하지만 주저할 수는 없었다. 왜 이런 것을 묻는지는 알 수 없었어도, 여기서 머뭇거린다면 수하의 장악력을 의심받게 될 것이다.

"없습니다."

"정녕 그러하오?"

"물론입니다. 이 배의 수하들은 모두가 샤잔 가문을 섬기고 있고, 다들 자신의 '피'에 자부심을 가지고 있습니다."

제루올은 숙인 고개를 들지 않았다. 직접 말은 하지 않았어도, '피'에 자부심을 가지고 있다는 말은 인간 출신인 무도의 마왕을 탐탁지 않게 여긴다는 뜻을 담고 있었다.

"그렇다면 귀공에게 묻도록 하겠소. 제루올 공. 그대는…….
무도의 마왕과 지금 이 일에 대해 연락을 주고받았소?"

"……예?"

"이 또한 거짓 없이 답해야 할 것이오."

"맹세컨대, 아무런 연락도 주고받지 않았습니다."

제루올은 숙였던 고개를 들며 대답했다. 백현은 제루올의 눈을 응시하며 다시 물었다.

"그 대답은 샤잔 가문의 가주로서 하는 것이오, 아니면 제루올 공 개인으로 하는 것이오? 그조차 아니라면 무도의 마왕의 휘하 마족으로서 하는 것이오?"

"전부, 전부 다입니다. 베키누스 공, 부디 이 말을 무례라 곡

해하지 말아주십시오. 왜…… 귀공은 제게 그런 질문을 하는 것입니까?"

"무례라 생각하지는 않소."

백현은 고개를 가로저었다.

"이틀이나 삼도천에서 보내야 한다는 것이 마음에 걸릴 뿐이오. 이틀이면 지저분한 것을 치우기에 충분한 시간이니까."

그 말에 제루올의 눈이 파르르 떨린다. 감찰관이 말하는 '지저분한 것'이 무엇인지는 명확했다.

[걸렸다.]

아진이 중얼거렸다.

"오해하지 말고 들으시오. 제루올 공, 무도의 마왕은 분명 칭송받아 마땅한 공을 세웠소. 하지만, 귀공도 알다시피 무도의 마왕은 인간 출신이오."

"예."

"마신님은 모든 마족을 차별 없이 대하시오. 아무리 무도의 마왕이 인간 출신이라지만, 그가 마계에서 마왕으로 보인 행보는 마신님의 인정을 얻기에 충분하였소."

제루올은 말없이 고개를 끄덕거렸다.

미끼를 물었다지만 백현은 서둘러 낚싯대를 당기지는 않았다. 자칫하면 기껏 잡은 고기가 달아날 뿐만 아니라 낚싯대까지 놓칠 수도 있다.

"그리고 이제는 명계를 침략해 성공적으로 함락시키기까지 했지. 아, 오해는 하지 마시오. 나는 마족으로서 무도의 마왕을 대단하다 생각하고 있소. 그는 틀림없이 위대한 마왕이오."

[한 템포 쉬어.]

아진이 조언했다.

백현은 아진이 시키는 대로 했다. 잠시 말을 멈추고, 입술을 다물었다. 그리고 고개를 돌려 흐르는 삼도천의 강을 한번 보았다.

다시 들린 시선은 제루올이 아닌 삼도천 너머, 아직 보이지 않는 염라국- 무도의 마왕에게 점령당한 '마계'를 보았다.

"하지만 말이오."

다시 입을 연다.

꿀꺽.

제루올이 침을 삼키는 소리가 귀에 잡힌다.

백현은 묘한 기분을 느끼고 있었다. 아진이 알려주는 것을 읊을 뿐, 이래서야 꼭두각시와 다를 것이 없다.

그런데…….

'재밌네.'

이런 식의 거짓말, 연기, 대화는 처음이다. 죄다 거짓이고 연기인데, 내뱉는 말 한 마디 한 마디에 제루올 샤잔이라는 마계의 고위 마족이 안달을 낸다. 그걸 보는 것이 제법 즐거웠다.

"인간은 탐욕스럽지. 마족이라면 모두가 알 것이오. 인간이 얼마나 탐욕스럽고 추악한지 말이오. 그들은 탐욕을 위해서라면 친인척조차 흑마법의 제물로 바치는 것을 주저하지 않소. 처녀의 배를 갈라 자궁을 꺼내고 소년의 고환을 적출하며 태아의 머리를 으깨 짜낸 뇌수를 태반에 담아 마시는 것이 바로 인간, 흑마법사들이오."

'정말 그래요?'

[그보다 더한 것도 한다.]

악몽의 결정자를 떠올렸다. 왠지 다음에 악몽의 결정자를 만나게 된다면 조금 꺼림칙할 것 같았다.

"흑마법의 의식을 위해서라면 수백 수천의 동포를 산 제물로 바치는 것도 주저하지 않소. 무도의 마왕이 바로 그런 존재였지. 그가 마왕이 되기 위해 바친 수많은 혼들. 아……. 탓하고 싶지는 않소. 벌레를 구제하는 것이 무어가 탓할 일이라고. 하지만 벌레가 같은 벌레를 죽여댄다면, 그것참……. 해괴망측한 일 아니겠소?"

'벌레'라는 말을 섞으라고 조언한 것은 아진이었다.

제루올은 기쁜 표정으로 연신 고개를 끄덕거렸다.

"왜 내가 감찰관으로 왔겠소? 그것도 은밀하게 말이오. 나는 일주일이나 아귀가 득실거리는 저 추잡한 땅에 있었소. 하고자 했다면 내 존재를 알려, 당장 베리올 공의 대접을 받을 수도 있었을 거요. 하지 않았소. 내가 이곳에 온 것은 마신님의 뜻이고, 앞으로 할 일 또한 마신님의 뜻이오."

"잘, 잘 알고 있습니다."

"무도의 마왕을 의심하고 싶지는 않소. 하지만 그의 존재적 본질인 '인간'은 의심하지 않을 수가 없는 것이오. 아까도 말했지만…… 이 세계는 너무나 많은 가능성을 가지고 있소. 아직 이 세계는 '명계'의 법칙이 남아 있소."

백현은 손을 뻗어 삼도천을 가리켰다.

"이 삼도천은 지정된 배가 아니면 건널 수 없소. '절대'는 아니지만, 건너기 위해서는 아주 많은 수고를 들여야 하지."

맞는 말이다. 제루올이 어찌 모를 텐가? 명계를 침략하는 과정에서 가장 고생했던 것이 삼도천을 건너는 것이었다.

"그리고, 저 너머의 염라국에는 아주 많은 혼이 존재하지. 무도의 마왕은 인간일 적부터 대단한 흑마법사였소. 이 세계는 무도의 마왕에게 너무나도 적합한 곳이고, 그에게 너무 많은 가능성을 열어두고 있소. 당장은 들어온 혼들을 관리하지 않고 대부분을 아귀의 먹이로 사용하고 있지만, 만약…… 무도의 마왕이 다른 마음을 먹는다면."

끝까지 말할 필요는 없다. 백현은 말을 멈추고 제루올을 바라보았다.

"그런 일이 없기를 바랄 뿐이오. 진심으로 말이오. 하지만 만약 그런 일이 있다면. 내가 이틀 동안이나 이 강에 묶여 있을 때, 무도의 마왕이 지저분한 것을 치워 버린다면. 나는 내가 본 대로 마신께 보고를 올리게 될 것이오. 무도의 마왕은 여전히 마신님께 충성을 바치고 있노라 말이오. 그리되면 마신님은 무도의 마왕이 세운 공을 치하하시겠지."

제루올이 다시 침을 삼킨다.

무도의 마왕의 출신을 불쾌히 여기는 그로서는 당연히 이 감찰을 통해 무도의 마왕이 타격을 입는 것을 바라고 있었다.

하지만, 감찰관의 말을 들어보면 마신과 감찰부 모두가 무도의 마왕에게 다른 꿍꿍이가 있다고 의심하는 것 같았다. 어쩌면 정말로 무도의 마왕이 불온한 일을 꾸미고 있는 것일지도 모른다.

"……베키누스 공. 부디 제 말을 오해하지 말고 들어주십시오."

"어떤 말을 하려는 것이오?"

"아까 베키누스 공이 무도의 마왕과 연락하고 있느냐 물으셨지요. 저는, 정말로 무도의 마왕과 아무런 연락도 주고받고 있지 않습니다. 그는 삼도천의 관리를 제게 위임하고서, 그 이후로 어떤 지령도 내리지 않았습니다."

"오해는 그대가 하고 있군. 나는 귀공을 의심하지 않고 있소. 솔직히, 나는 순혈 가문의 사상에 찬동하지는 않소. 하지만 그들의 피가 맑다는 것은 알고 있소."

백현의 말에 제르올은 작은 탄성을 터뜨렸다.

"그리 말해주서서 감사합니다. 베키누스 공. 저는…… 무도의 마왕을 진심으로 섬기고 있지는 않습니다."

굳이 저리 말할 필요는 없지 않나?

[편을 가르는 거다.]

아진이 키득거렸다.

"하지만, 제가 이리 말하는 것은 결코 무도의 마왕을 못마땅히 여겨서가 아닙니다. 귀공이 말한 것처럼, 혹여 무도의 마왕이 불온한 뜻을 품고 있지 않을까 하여…… 만약 그런 것이라면."

"마신께서 그를 직접 징벌하실 것이오. 확실한 증거만 있다면 말이오."

백현은 낮지만 힘 있는 어조로 그렇게 말해주었다.

그것으로 끝이다. 미끼를 문 먹이는 도망칠 생각도 없이 그대로 낚여졌다.

"대의를 위해서 귀공을 돕도록 하겠습니다."

[됐다.]

'이제 어떡해요?'

[어떡하기는. 자기가 돕겠다잖아. 뽑아먹을 건 다 뽑아먹어라.]

아진이 이죽거렸다.

"그리 말해주어 고맙소. 하지만 나는, 감찰관으로서 이 감찰이 성공적으로 끝나기를 바랄 뿐이오. 아무 문제 없이 말이오."

"그 일은 걱정하지 않으셔도 됩니다. 무도의 마왕은 귀공이 방문한 것을 모르고 있습니다."

제루올의 목소리가 낮아졌다.

"이 배는 은밀히 정박할 것입니다. 그 후에는 제가 직접 귀
공을 모시도록 하겠습니다. 입성(入城)까지 말입니다. 강 저편
염라국에는 무도의 마왕의 추종자들이 도처에 즐비할 터이나,
제가 직접 귀공을 안내한다면 그 누구도 무도의 마왕에게 귀
공의 존재를 알리지 못할 것입니다."

[문제는 그다음이다. 마왕성 안으로 들어간 후.]

'어쩔 수 없지 않아요?'

[그건 그렇지. 일단 소문이 퍼지는 것은 막았고…… 다음은
뭘 해야 할 것 같냐?]

'무도의 마왕에 대해 캐물어야죠.'

백현의 대답에 아진은 피식 웃었다.

[그래. 놈에게 들을 수 있는 건 다 뽑아내. 저 새끼는 이 일
을 다시 없을 기회라고 생각하고 있으니, 네가 묻는 것은 죄다
대답해 줄 거다. 이제는 네가 면전에 똥을 싸지르지 않는 이상
의심도 하지 않을 거고.]

'똥을 왜 싸요?'

[개소리하지 말고, 기왕이면 정보를 얻는 것에 끝내지 말고……
놈을 확실한 아군으로 만들어라.]

"그리 해준다니 고맙소. 귀공이 내부자로 도움을 주었다는

것은 절대로 잊지 않겠소. 만약에 무도의 마왕이 결백하여 이 감찰이 쉽게 끝난다 하더라도, 마신께 직접 청하여 귀공의 도움에 보답하도록 하겠소."

"그…… 말은?"

"귀공 스스로 말하지 않았소? 무도의 마왕을 진심으로 섬기고 있지 않다고. 귀공이 이 불편한 자리를 안내하지 않도록 도와 드리겠단 말이오."

제르올은 감동하여 고개를 꾸벅 숙였다.

무도의 마왕이 마신에게 처단되면 더할 나위 없는 일이고, 만약 그렇게 되지 않는다 해도 이곳을 떠나 마계로 돌아갈 수 있게 된다. 제루올로서는 잃을 것이 없는 거래였다.

"너무 많은 말을 하였더니 입이 마르구려."

"입에 맞으실지는 모르겠지만, 훌륭한 술이 있습니다."

백현은 빙긋 웃으며 고개를 끄덕거렸다.

제루올은 앞장서서 백현을 자신의 방으로 안내해 주었다.

[거봐.]

아진이 이죽거렸다.

[넌 이런 것에도 재능이 있다니까.]

좋은 재능인지 나쁜 재능인지는 영 알 수가 없었다.

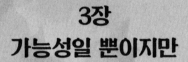

3장
가능성일 뿐이지만

삼도천에서 보내는 이틀 동안, 백현은 베키누스로서 제루올에게 많은 이야기를 들을 수 있었다.

제루올은 백현이 감찰부 소속의 감찰관이라는 것을 의심하지 않았다. 백현에게 느껴지는 마왕의 힘과 격뿐만 아니라, 무도의 마왕에 대한 불만이 제루올로 하여금 의심을 느끼지 않게 만들었다.

무도의 마왕이 명계를 침공하고 정복한 지는 그리 오랜 시간이 흐르지 않았다.

성공적으로 정복을 이뤄낸 무도의 마왕은 그 후로 마왕성에 칩거하여 나오지 않고 있었는데, 그 자세한 내막은 제루올도 알지 못했다. 다만 여러 가지 추측을 하고 있을 뿐이었다.

"그는 속내를 알 수 없는 인물입니다."

제루올은 빈 잔에 와인을 새로 부었다.

마족이 마시는 술이라기에 혹시 피라도 섞인 것이 아닐까 내심 걱정했는데, 다행스럽게도 마족이 마시는 와인은 백현이 아는 맛과 크게 다르지 않았다. 솔직히 말하면 제법 맛있기도 느껴졌다.

[네가 술이 세서 다행이다.]

배에서 보내는 이틀. 그 틈만 날 때면 제루올의 방에서 시간을 보냈다.

제루올과 둘이서 비운 술병이 대체 몇 병인지 기억도 나지 않았다. 술에 취해 헛소리를 하면 어쩔까 걱정했는데, 다행히 그런 불상사는 일어나지 않았다. 마셔도 마셔도 적당히 기분 좋은 취기만 느껴질 뿐, 정신이 흐려지는 일은 없었다.

[선계에서 취공이 네게 먹인 환약 덕분일 거다.]

'그 정력제요?'

[정력만 좋게 해주는 환약이 아니었던 모양이야. 그 오래전에 처먹은 환약이 이제야 빛을 발하는구나.]

'그게 무슨 말이에요?'

[정력제랍시고 받아 처먹어 놓고서는 한 번도 써보지 않았 잖아.]

아진이 이죽거렸다.

백현은 할 말이 마땅치 않아 괜히 술만 들이켰다.

"속내를 알 수 없다니?"

"말 그대로입니다, 베키누스 공. 나…… 아니, '우리'는 명계 침략에 성공했습니다. 솔직히 인정하고 싶지 않습니다만, 이 침략이 성공했던 것은 무도의 마왕 덕분입니다."

제루올은 나른한 얼굴이었다. 줄창 술을 퍼마신 탓이기도 했고, 이틀 동안 백현- 마신 직속 감찰관인 베키누스와 절친한 우애를 쌓았노라 생각하고 있기 때문이었다.

실제로 제루올에게 처음 백현을 대할 때 묻어나던 긴장이 이제는 거의 사라져 있었다.

"하지만, 어떻게 이 침략이 성공한 것인지는 아직도 잘 모르겠습니다."

"그게 무슨 말이오? 제루올 공도 전장에 있었을 것 아니오?"

"그렇기에 더욱 알 수 없는 것입니다. 우리는…… 삼도천을 건넜습니다. 그때만 해도, 나를 비롯해 무도의 마왕 휘하의 고위 마족들은 이 침략이 성공할 것이란 생각은 거의 하지 않고 있었습니다. 어쩔 수 없는 일이었지요. 그때의 삼도천은 '명계'의 삼도천이었으니까요."

지금은 삼도천에 주어진 명계의 법칙 대부분이 소멸했지만, 침략이 막 시작될 때만 해도 그렇지 않았다. 명계의 법칙이 삼도천에 주어진 이상, 이 강을 지금처럼 쉽게 건너는 것은 불가능한 일이다.

"하지만 쉽게 건넜습니다. 저항하는 저승사자들을 죽여 배를 빼앗아 강을 건너는 동안. 삼도천은 우리에게 그 어떤 업도 묻지 않았습니다. 그렇게 이틀이 지났을 때, 우리는 염라국에 도착했지요."

아진은 조용히 제루올의 말에 귀를 기울였다.

마계의 명계 침략에 있어서 대략적인 정보를 수집한 그였지만, 그가 파악한 정보는 완전하지 않았다. 아무리 생각해도 무도의 마왕이 삼도천을 돌파한 방법에서 막혀 버렸기 때문이다.

"그 이후는 크게 어렵지 않았습니다. 평범한 전쟁이었지요. 명계의 전력은, 아, 적이기는 했으나 훌륭했습니다. 명계의 지도자인 염라가 이끄는 사신들은 굉장히 용맹했죠."

말하다 보니 흥이 오른 모양이다. 백현은 제루올이 떠들어 대는 무용담을 적당히 흘려들었다. 그러면서 이틀 동안 제루올에게서 뽑아낸 정보들을 종합해 보았다.

무도의 마왕은 명계를 정복한 이후, 염라가 거주하던 성을 마왕성으로 삼고서 칩거하고 있다. 측근이라 할 만한 것은 무도의 마왕이 마계 때부터 데리고 있던 마족인데, 그가 무도의 마왕을 대신해 마왕성을 관리하고 있다.

마왕성의 내부 병력 중 '마족'이라 할 수 있는 것은 저 심복뿐. 나머지는 무도의 마왕이 만들어낸 키메라와 언데드들이다.

제루올을 포함한 고위 마족들 대부분은 무도의 마왕에게 불만을 갖고 있다. 그가 인간 출신인 탓도 없지는 않았지만, 가장 큰 이유는 다시는 고향인 마계로 돌아갈 수 없다는 것 때문이다.

아무리 명계를 정복했다지만, 그 명예는 무도의 마왕의 것이지 다른 마족들의 것이 아니었다. 게다가 무도의 마왕 휘하 마족들은 대부분 무도의 마왕이 다른 마왕을 죽이고 빼앗은 병력이다.

그들에게 있어서 무도의 마왕은 모시던 군주를 죽인 장본인이자, 고향인 마계를 강제로 등지게 하고 명계에 처박히게 한 장본인이었다.

'따지고 보면 마신이 무도의 마왕에게 침략을 명령했기 때문이잖아.'

[그렇다고 마신을 원망할 수는 없겠지. 가장 원망하기 쉬운 대상이 무도의 마왕인 거야.]

아진이 중얼거렸다.

[저들의 원망은 이곳이 '명계'라는 특수한 세계인 탓이 크다. 만약 명계가 아니라 '일반적인' 세계였더라면, 오히려 그 풍요로운 땅을 정복한 것에 기뻐했겠지.]

명계는 죽은 이들이 도달하는 곳이다. 이 세계에는 마족이 부릴 만한 노예도 없고, 파릇한 생명도 없다.

득실거리는 영혼들은 나름 귀중한 자원이라 할 수 있겠지만, 결국 그들은 죽어 육신을 잃은 영혼들이다.

[놈들에게 있어서 명계는 거대한 유배지로밖에 느껴지지 않는 거야.]

무도의 마왕에 대한 하위 마족들의 평판은 그리 나쁘지 않았다. 굳이 말하자면 우호적이라 할 수 있을 정도였다.

어차피 그들은 마계에 있을 때도 무시받던 약자들인데, 무도의 마왕 휘하로 들어온 덕에 명계를 정복했다는 명예를 얻게 되었다.

거기에 무도의 마왕이 인정받지 못한 출신이라는 것도 한몫했다.

[말뿐인 지지는 의미가 없어. 하위 마족은 전력이라 할 수도 없으니 말이다.]

머릿수만 많은 고기 방패일 뿐이다. 놈들이 무도의 마왕에 보내는 지지는 싸구려 술집에서나 농지거리로 오갈 뿐이다.

[고위 마족들이 놈에게 등을 돌렸다는 것이 다행이야. 결국 무도의 마왕은 마왕성에 고립된 셈이다.]

'마왕도 만만찮게 강하다면서요?'

[다른 마족들과 싸울 필요가 없게 되었잖아. 마왕성에 있는 것은 언데드와 마족, 마왕뿐이다.]

이틀 동안 거짓말을 늘어놓은 것의 대가로는 차고 넘치는 보상이다.

"도착한 모양입니다."

제루올이 늘어놓는 무용담에 적당히 맞장구를 쳐주던 중, 드디어 삼도천 너머의 염라국에 도착했다.

나른한 표정으로 반쯤 누워 있던 제루올이 천천히 몸을 일으켰다.

두 다리가 완전히 섰을 때, 제루올의 얼굴에는 더 이상 취기가 남아 있지 않았다.

"하하. 이렇게 진탕 술을 마신 것이 얼마 만인지 모르겠군요."

"제루올 공의 술과 이야기가 즐거웠기에, 나 또한 시간 가는 줄 몰랐소."

"이 즐거운 자리가 이것으로 끝이 난다니 섭섭합니다."

"끝이라니? 나로서는 귀공의 말이 더 섭섭하오. 기회야 다음에 또 있는 법 아니겠소?"

백현은 그렇게 말하며 제루올에게 손을 뻗었다.

제루올은 기쁜 눈으로 백현의 손을 보다가, 고개를 크게 끄덕거리며 백현의 손을 맞잡았다.

"예, 다음에 또. 그리 알고 있겠습니다."

"알고 있는 것만으로는 부족하오. 기억해 주시오. 난 귀공의 도움을 잊지 않을 것이오."

지그시 향하는 시선에 제루올이 고개를 끄덕거린다.

백현은 악수를 나누고 있는 제루올의 손에 힘이 들어가는 것을 느꼈다.

곧이어 제루올은 민망하단 듯 웃으며 손을 놓았다.

"이거 참, 아직 헤어지는 것도 아닌데. 저도 모르게 그만……."

삼도천 너머에 도착하기는 했지만, 아직 마왕성에 입성한 것은 아니다. 이곳에서 마왕성까지 가는 것에도 제루올의 도움을 받아야 한다.

[못 할 줄 알았는데, 생각보다 재능이 넘친단 말이지.]

배를 내려와 마차를 탔다. 마차를 타는 것은 처음이었지만, 백현은 아무런 동요 없이 마차에 올라앉았다.

한때 염라국이었으나 지금은 마계에 점령당한 바깥 풍경이 궁금해 창밖으로 고개를 돌렸지만, 백현의 표정과 눈동자에는 흥미와 호기심이 묻어나오지 않았다.

'전 잘 모르겠는데요. 저 멍청이가 잘해줄지도 모르겠고.'

[특권 의식에 찌들고 명예를 탐하는 놈이다. 괜한 걱정은 하지 마라.]

'그런가요?'

[고위 마족이라고 해서 다를 것 없어. 네가 이틀 동안 열심히 구라를 쳐댄 덕에 놈은 오지도 않을 미래에 취해 있다.]

아진이 킬킬거리며 웃었다.

그 말대로였다. 백현의 맞은편에 앉은 제루올은, 백현과 함께 창밖을 보며 즐거운 상상에 빠져 있었다.

'감찰관이라……. 그것도 마신 직속의!'

실제 영지를 소유하고 다스릴 수는 없겠지만, 감찰관이라는 지위가 제루올에게는 마왕보다 매력적으로 느껴졌다.

그 누구도 아니고 마신의 권력을 등에 업는 것이다. 이 삭막한 세계에서 평생을 보내는 것보다는, 마계로 돌아가 감찰관의 감투를 쓰는 것이 백배 천배 낫다. 그리되면 고개 뻣뻣한 마왕들조차도 제루올의 발아래로 놓인다.

물론 이 미래가 이루어지는 것은 베키누스에게 달려 있다. 감찰 자체가 큰 성과를 거두지 못한다고 해도, 감찰이 매끄럽게 진행될 수 있도록 도와야 한다.

마차가 출발했다. 말발굽 소리와 가벼운 진동 후, 마차가 하늘을 날았다. 샤잔 가문의 문양이 새겨진 마차는 하늘을 가로질러 마왕성으로 향했다.

백현은 창밖을 통해 지상을 내려 보았다. 이렇게 두 눈으로 직접 보니, 아진이 말한 '유배지'의 의미가 무슨 뜻인지 알 것만도 같았다.

아래는 대부분이 폐허였다. 얼마 전 있었다는 침략 전쟁의 흔적이 방치되다시피 남아 있었다. 물론 완전한 폐허는 아니었다. 군데군데 마족들이 모여 사는 거주 구역이 보이는데, 빈민가와 다를 것 없는 모습이었다.

[하급 마족들이다.]

아진이 중얼거렸다.

[명계의 문화는 죽은 자의 것이다. 살아 있는 존재는 결코 누릴 수 없어. 그렇다 보니 저 꼴이지.]

다른 세계였다면 문제없을 일이다. 인간이나 다른 이종족을 노예로 삼고, 그들이 만들어낸 것을 약탈하면 된다.

하지만 명계에서는 그것이 불가능하다. 돈이 있어도 물건을 구할 수가 없다. 결국, 처음부터 모든 것을 새로이 만들고 축적해야만 한다.

백현은 군데군데 개간 중인 경작지를 보았다. 이곳은 이제 막 새로운 문명이 싹트는 중이었다. 하지만 마왕성에 가까워질수록, 풍경은 괴리감이 느껴질 정도로 변해갔다.

백현은 풍요와 사치가 넘쳐흐르는 거리를 내려 보았다. 화려하게 치장한 마족들의 모습도 보였다.

[어디나 똑같지.]

아진이 심드렁한 목소리로 말했다.

[하층민과 귀족의 삶이 똑같을 리가 없잖아.]

'얼마 전에 침략을 끝냈다고 했잖아요.'

[침략에 성공하면 평생을 눌러앉아야 할 세계인데, 고위 마족들이 설마 몸만 왔겠냐?]

"어떠십니까?"

제루올이 빙긋이 웃으며 백현에게 말을 걸었다.

창밖을 보던 백현은, 고개를 돌려 제루올을 마주 보았다. 그러고는 천천히 고개를 끄덕거렸다.

"훌륭하군요."

"하하, 솔직하게 말씀하셔도 됩니다. 조잡하지 않습니까? 지금으로써는 땅덩이가 넓다는 것 외에 아무 장점이 없는 세계입니다. 저 풍경을 볼 때마다 마계의 도시가 얼마나 그립던지…….마계의 변방 도시 중 이곳보다 못한 곳은 한 군데도 없을 겁니다."

제루올이 넉살을 떨며 웃었다.

[다행이군.]

'뭐가 다행이라는 거예요?'

[이곳이 명계라서 말이다. 만약 명계가 아니라 다른 세계였다면, 네가 본 풍경들은 굉장히 달라졌을 거야.]

'어떻게?'

[인간으로 상상할 수 있는 가장 끔찍한 지옥과 닮았겠지. 악마들이 활개 치고, 인간의 존엄이 찰나의 재미로 희롱되는 세계. 뽑은 머리로 공놀이를 하고, 인간으로 만든 살아 있는 조형물들. 피를 뿜는 분수대에서 어린 마족들은 해맑은 표정으로 헤엄칠 거다. 과시욕 넘치는 마족은 인간과 인간을 엮어 만든 키메라를 애완견마냥 끌고 다닐 거고. 검투사, 성 노예, 하나하나 말하기는 너무 많아.]

그리 상상하고 싶지 않았다.

[내가 아는 너는, 그런 걸 본다면…… 아마 지금처럼 얌전히 있지는 않을 거다. 네 흥미나 호기심, 투쟁심을 떠나서. 네가 고집하는 '인간성'이, 그 풍경을 보며 아무것도 하지 않는 너를 용납하지 않을 테니까.]

'그게 유별난 행동이라고는 생각 안 해요.'

[그래서 다행이라는 거야. 만약 이곳이 그런 지옥이 되어버 렸다면, 애초부터 너에게 감찰관 행세를 하라 시키지도 않았 을 거다.]

마왕성이 보인다.

어쩔 수 없는 상상이었다. 백현이 실제로 본 마왕성은 흑장 미여왕의 로즈덤뿐이다. 그 외에 마왕성에 대해 가지고 있는 인상은…… 기껏해야 영화에서 나오는 것들이었다.

[으스대는 것을 좋아하진 않는 모양이군.]

무도의 마왕이 칩거하고 있다는 마왕성은, 말이 마왕성이지 동양풍의 궁궐과 닮아 있었다. 백현은 언젠가 사진으로 보았 던 중국의 자금성을 떠올렸다.

[염라의 성을 그대로 쓰고 있다고 했으니까.]

"잠시 여기서 기다려 주십시오."

제루올이 몸을 일으켰다.

백현이 그를 돌아보자, 제루올은 한쪽 눈을 찡긋거리며 백현에게 윙크를 보냈다.

"가온을 만나고 오겠습니다."

"고맙소."

가온. 마왕성의 외곽 경비를 담당하고 있다는 고위 마족이다. 이틀 동안 술을 퍼마시며 늘어놓은 거짓말이 낚아다 준 성과였다.

제루올과 마찬가지로 가온 또한 무도의 마왕에게 불만을 품고 있다. 매끄러운 감찰과 희망찬 미래를 위해서다.

제루올은 가온을 엮어 성의 외곽 경비를 무르고 성문을 열어줄 것이다.

얼마나 기다렸을까. 마차가 천천히 아래로 내려가기 시작했다. 백현은 표정을 가다듬었다.

마차가 땅에 내려오고, 문이 열렸다.

"되었습니다."

문을 연 제루올이 벙긋 웃었다. 제루올의 곁에는, 경비 담당자와는 그리 어울리지 않는 생김새의 마족이 서 있었다.

그는 백현을 보고 표정을 굳히더니, 즉시 고개를 꾸벅 숙였다.

"가온 공?"

"예, 예."

"협조해 주어 감사하오. 그대의 이름은 기억하도록 하겠소."

제루올에게는 마신의 이름을 내세워도 좋다고 미리 말해두었다. 백현을 감찰관이라 철석같이 믿고 있는 그는, 가온을 만나 감찰과 이 일에 협조하여 얻을 수 있는 영광을 떠들었다. 이름을 기억하겠다는 말에 가온의 목소리가 들뜬 것은 그 이유 때문이었다.

"즐거운 시간은 이제 끝이구려."

백현은 마차에서 내려오며 중얼거렸다. 제루올을 쳐다보며, 조금 안타깝다는 표정을 짓는 것도 잊지 않았다.

"이제는 마신께서 내린 업무를 수행하도록 하겠소. 혹여 감찰이 성과 없이 끝난다 해도, 그대들의 공을 잊지 않을 것이오. 또한, 그대들이 날 도왔다고 하여 화를 입을 일은 없을 것이오. 마신님께서 그대들을 비호해 줄 터이니 말이오."

"오오……."

"감사…… 감사합니다."

"그리고. 마지막으로 하나만 더."

백현은 진지한 눈으로 가온과 제루올을 보았다.

"이 도시에도 떳떳하지 못한 마족은 있을 거요. 내가 무도의 마왕을 만나는 동안, 혹시라도 그들이 저지른 죄를 숨기려 들지도 모르는 일. 그런 일은 결코 일어나서는 아니 되오."

"떳떳하지 못한……?"

"이건 '지금'의 내가 그대들에게 줄 수 있는 약소한 보답이오."

백현의 목소리가 낮아졌다.

"내가 무도의 마왕을 만나는 동안, 그대들이 나를 대신하여 도시의 죄인들을 제압해 주시오. 마신께서 허락했다 떠들어도 좋소. 어차피 보고는 내가 올리는 것이니 말이오."

충분히 돌려 말했다고 생각했지만, 노골적인 내용이었다.

알아서 죄를 판단하라는 말. 마신이 허락했다고 떠들어도 좋다는 말. 평소 마음에 안 들던 마족을 합법적으로 조지란 말이었다.

[시키지도 않은 일도 잘하는구나.]

'괜한 짓을 한 걸까요?'

[그랬다면 네가 그리 마음먹은 순간 하지 말라고 했겠지. 잘했어. 네가 마왕성에 들어간 동안, 놈들이 도시에서 지랄을 떨고 있을 테니까.]

백현은 가벼운 걸음으로 멀어지는 제루올과 가온의 등을 잠시 동안 쳐다보다 고개를 돌렸다. 활짝 열린 성문이 보였다.

[이제부터는 거짓말과 연기를 의식하지 않아도 좋다.]

여전히 뿔과 거추장스러운 옷을 입고 있기는 했지만.

백현은 망토 자락을 질질 끌며 성문으로 향했다.

[네가 침입한 순간 마왕은 네 존재를 알아차릴 거다. 하지만 네가 정확히 '무엇인지'는 모를 거야. 그래도…… 괜히 거짓말과 연기를 늘어놓아 마왕을 속이려 하지는 마.]

'왜요?'

어쩌면 마왕도 속일 수 있지 않을까. 그렇게 생각하며 성문을 지나기 직전. 백현은 가볍게 심호흡을 했다.

[……가능성일 뿐이지만 무도의 마왕은…….]

뻗은 발이 성문을 지났고.

아진의 목소리가 잘 들리지 않게 되었다.

'네? 뭐라고요?'

가능성일 뿐이지만.

아진의 말은 거기서 끊어졌다. 가장 중요하다 할 수 있을 부분에서 뚝 끊어진 탓에, 백현의 눈이 찡그려졌다.

그는 잠시 제자리에 서서 아진의 목소리가 들리는 것을 기다렸다. 하지만 끊어진 목소리는 이어지지 않았다.

제루올에게 들어두긴 했다.

마왕성의 문을 지난 순간, 성문은 사라진다. 성문을 지난 순간부터, 입성한 모든 존재는 마왕과 '알현'해야만 한다. 마왕이 허락하지 않는 한 성문을 통해 마왕성을 나갈 수는 없다.

아진은 그것을 두고 강력한 '법칙 결계'라고 말했다. 술자가 부여해 고정해 놓은 법칙에 강제로 따를 수밖에 없게 하는 결계.

어차피 넌 성문으로 다시 나갈 필요가 없으니, 신경 쓸 것 없다.

"그렇기는 한데."

백현은 작게 투덜거렸다.

백현과 아진의 목적은 마왕성 지하의 '문'이다. 백현이 나가야 할 문은 그것이지, 마왕성의 성문이 아니다.

'갑자기 왜 이러는 거야?'

꺼림칙한 말만 남기고 아진의 목소리가 끊어져 버렸다. 제루올을 만나고서부터 일이 잘 풀린다고 생각했는데, 아무래도 운은 거기까지인 것 같았다.

가만히 서 있다고 해서 답이 나오는 것은 아니다.

백현은 일단 움직이기 시작했다. 성문과 마왕성 사이의 널찍한 땅은 잡초 하나 없이 삭막하다.

어차피 이렇게 '침입'한 이상 과감해져야만 했다. 백현은 즉시 땅을 박차고 앞으로 달렸다.

순식간에 성채와 가까워진다. 하지만 도착하기 직전, 성채 앞의 공간이 일렁거렸다.

백현의 눈이 가늘어졌다. 물결치는 공간에서 무언가가 빠져나왔다.

그건 '손'이었다. 특별할 것 없이 평범해 보이는 손. 하지만 그 손이 빙글 돌아 손바닥을 보이고, 마치 '오라'는 듯이 손짓했을 때. 미동 없는 땅에서 어둠이 솟구쳤다. 그리고 수백 개의 검은 손이 백현을 붙잡으려 들었다.

백현은 당황하지 않고 공중에서 몸을 비틀었다.

휘저은 다리가 붙잡는 손들을 걷어찼고, 순식간에 형성된 파천강기가 백현의 손을 휘감았다.

쫘앙!

내리찍은 일장이 손들을 일소(一掃)했다. 그를 반동 삼아 백현의 몸은 더욱 높이 뛰어올랐다.

백현은 얇게 뜬 눈으로 여전히 나와 있는 손을 보았다. 어느새 손은 검지 손가락을 길게 뻗어 백현을 겨누고 있었다.

'무도의 마왕인가?'

그 외에 다른 존재를 떠올릴 수는 없었다.

징조 없는 공격. 하지만 백현은 직감적으로 몸을 비틀었다. 방어를 위해 둘렀던 파천강기가 꿰뚫려 흩어진다.

'정면으로 맞았다면…….'

서늘한 안도감을 뒤로하고서 손을 뻗었다.

콰앙!

포탄처럼 쏘아진 파천강기가 손을 덮친다. 폭발은 일어났으나 손은 그 직전에 사라져 버렸다.

백현은 자신이 만들어낸 파괴의 흔적 위에 떨어졌다.

"다짜고짜 공격이라니."

아진이 말했던 대로였다. 무도의 마왕을 상대로 거짓말이나 연기는 무의미했다.

백현은 일단 거추장스러운 망토를 벗어버렸다. 이틀 동안

한 번도 벗지 않고 입고 있었지만, 벗어버리는 것에 미련 따위는 없었다.

내친김에 머리 위에 달고 있던 뿔도 뽑아버렸다.

'아직도 안 들려.'

널따란 땅을 지나 본격적으로 마왕성 안으로 진입했다. 그러나 여전히 아진의 목소리는 들리지 않는다.

'법칙 결계 때문에?'

아무래도 그쪽이 의심 가기는 했지만, 아직 백현의 머릿속에는 아진에게 받은 '스킬'들이 있었다.

'생각은 나중에.'

다행히 목적지로 삼은 곳은 명확하다. 백현은 감각을 확장시켰다.

삭막할 정도로 텅 빈 궐내는 농밀한 마기가 가득하다. 무언가가 움직여 다가오고 있다.

백현은 심상치 않은 존재감을 확인하며 전투를 준비했다.

'아래로 이어지는 길은 저쪽.'

전투를 무시하고 아래로 내려가고 싶었지만, 그럴 수는 없을 것 같았다. 누군지 모를 '놈'이 바로 그쪽에서 오고 있었기 때문이다.

"미친놈."

전투 준비는 마쳤다. 마냥 기다리지 않고 천천히 다가가, 결국 마주쳤다.

"여기가 어딘지는 알고 침입한 거겠지?"

"응."

쏘아붙이는 목소리가 앙칼지다. 백현은 삐딱하니 서서 자신을 노려보고 있는 여자를 바라보았다.

산양처럼 휘어진 뿔과 불꽃처럼 타오르는 눈동자. 제루올에게 들었던 대로였다.

"미친놈!"

블라로스.

무도의 마왕의 유일한 심복이라는 마족이다. 블라로스에 대해 말할 때, 제루올은 그녀가 무도의 마왕의 애첩이라고 떠들었다.

하지만 그렇게 평가한 제루올조차도 블라로스의 '능력'만큼은 인정하고 들어갔다.

'발록.'

마계에서 가장 흉포한 전투 종족. 그중에서 대전사(大戰士)의 칭호를 얻었다고 했다.

그만한 인재라면 스스로 귀족이 될 수도 있을 것이고, 다른 격 높은 귀족이나 마왕에게 거두어질 수도 있을 텐데. 블라로스는 무도의 마왕의 처음이자 유일한 심복이 되어 마왕성의 대소사를 관리하고 있다.

"이유나 듣자. 왜 이곳에 침입한 거지?"

"무도의 마왕은?"

"……폐하를 뉘 집 개새끼 부르듯이 불러대지 마라……!"

슬쩍 물어본 질문에 블라로스가 살기를 뿜어댄다. 무도의 마왕을 못마땅히 여기던 제루올과는 극명히 다른 반응이다.

"안 온대?"

"네까짓 것을 치우는 데 폐하가 직접 나설 이유가 어디 있어?"

"그래?"

백현은 두 눈을 가늘게 떴다. 마계에서 가장 흉포하다는 전투 종족의 대전사. 확실히 쉬운 상대는 아니다.

백현은 세상이 참 넓다는 것을 새삼 느끼고 있었다.

'어지간한 신격은 쌈 싸 먹겠군.'

바알을 해방한 혈사자만큼은 아니라지만. 백현이 싸우면 필패(必敗)할 상대임은 분명했다.

확실히, 아진을 만나지 않고 홀로 마왕성에 들어왔다면……마왕을 만나기는커녕 블라로스 선에서 끝났을 것이다.

"넌 누구냐?"

오한 들 정도로 끔찍한 살기를 내뿜어대며, 블라로스가 물었다. 검붉게 타오르는 불꽃이 블라로스의 발아래에서 혀를 날름거린다.

그녀가 성큼 걸었을 때, 지면에 붉은 족적이 새겨지며 열기가 치솟았다.

"마왕의 힘과 격이 느껴지는데, 넌…… 마왕이 아니야. 대체 누구지? 가온은? 어떻게 외부 경비를 뚫고 여기까지 온 거야?"

"마신 직속 감찰관 베키누스."

"지랄하지 마!"

혹시나 해서 거짓투성이 소개를 늘어놓았지만, 돌아온 것은 열 뻗친 고함이었다.

쫘앙!

블라로스가 땅을 박차고 뛰어들었다.

'언데드 군단이 있다고 했는데.'

성문을 지나고서 언데드와는 단 한 번도 마주치지 않았다. 무도의 마왕으로 추정되는 '손'과 잠깐 교전했을 뿐.

말이 교전이지, 싸움이라고도 할 수 없었다. 하지만 지금은 싸움이라고 말할 수 있을 것이다.

매섭게 달려드는 블라로스는 살기뿐인 안광을 내뿜으며 주먹을 쥐었다. 그녀의 도약은 서로의 거리를 순식간에 좁혔고, 불끈 쥔 주먹을 추락과 함께 아래로 내리찍었다.

쫘아앙!

검붉은 화염이 폭발을 일으켰다. 화염이 덮치기 직전에 백현은 뒤로 뛰어올랐다.

'질풍신뢰는 쓸 수 없어.'

아진이 경고했었다. 이렇게 존재하고 있다지만 백현은 죽은 몸이고, 지금의 몸뚱이는 영체일 뿐이다. 질풍신뢰는 심, 기, 체가 각각의 역할을 해야만 하는데, 제대로 된 육체가 없는 지금으로는 질풍신뢰를 쓸 수가 없다.

정 궁금하면 시험 삼아 써봐. 사념체를 보내려 한 순간, 네 영혼은 시공간의 틈으로 떨어져 버리겠지만.

미리 들어두어 다행이었다. 자칫했다간 영문도 모르고 죽을 뻔했다.

늘 편리하게 쓰던 것을 완전히 쓸 수 없게 되었다는 것이 불편하기는 했지만, 지금의 백현에게는 질풍신뢰를 대체하고도 남을 만한 것이 있었다.

명심해.

백현의 발이 앞으로 뻗어졌다.

다른 건 몰라도, 이 두 개를 어쭙잖게 썼다가는. 내가 화가 좀 많이 날 거야.

왜 그러냐고 물었다.

백현이 느끼기에, 아진에게 받은 무공 중 제일은 단연 무극도였다.

물론 다른 무공들도 대단하기는 했지만, 무극도에 비하자면 아무래도 급이 낮은 감이 있었다.

내가 스승에게 제대로 배운 무공이니까.

그러니까 명심하란 거다.

초풍진각.

뻗은 발은 땅을 딛지 않는다. 지금 백현은 세상 그 무엇보다 빨랐다. 그는 바람을 뛰어넘었고, 바닥에 고인 불길조차 뛰어넘었다.

발은 가볍게.

정작 그 말을 해주었던 아진의 목소리는 들리지 않지만, 백현은 그의 조언을 잊지 않았다.

터무니없는 가속, 그 속도만을 따지자면 질풍신뢰가 앞선다.

하지만 초풍진각과 질풍신뢰는 그 목적부터가 다르다. 회피와 이동을 목적으로 둔 질풍신뢰와는 달리, 초풍진각은 '걷어

찬다.'

아진은 발을 가볍게 하라고 말했다. 가속 도중 백현은 발을 들었다.

어마어마한 가속은 그만한 부하를 가하게 마련인데, 지금 백현은 비견할 데 없는 '가벼움'을 느끼고 있었다.

하지만 이 가벼움은 어디까지나 백현이 느끼는 것이다. 최속으로 걷어차는 발차기의 위력은 결코 가볍지 않다.

'뭐 이리 빠르……'

경악조차 늦다. 블라로스는 급히 방어를 취했다. 양팔을 드는 것과 동시에 발아래의 불길이 위로 치솟는다.

백현의 발은 블라로스가 방어를 완성하는 것보다 빨랐다.

뻐엉!

공기 터지는 소리와 함께 블라로스의 몸이 허공을 가로질렀다. 그녀는 비명조차 지르지 못하고 땅에 떨어져 데굴데굴 굴렀다.

백현은 조금 얼떨떨한 기분을 느낄 수밖에 없었다.

연습이야 일주일 동안 꾸준히 했다지만, 초풍진각을 이렇게 실전에서 쓰는 것은 이번이 처음이었다.

'뭐 이리 빨라?'

당연히 방어 위를 때릴 줄 알았는데 일으킨 바람만으로 블라로스의 화염을 날려 버리고, 팔이 채 올라가기도 전에 그녀의 배를 걷어차 버렸다.

스스로도 경악할 만한 빠르기였지만 계속 얼떨떨하게 있을 수는 없었다.

"이, 미…… 친!"

블라로스는 양손으로 땅을 짚고 일어서며 욕설을 내뱉었다. 그녀의 입에서는 시뻘건 피와 박살 난 내장 조각이 뚝뚝 흐르고 있었다.

백현의 발뒤꿈치가 블라로스의 머리 위로 떨어졌다. 그녀는 기겁하며 몸을 옆으로 굴렸다. 그러면서도 손을 휘둘러 백현의 아킬레스건을 끊으려 했다.

하지만 늦다.

백현은 즉시 허리를 비틀어 돌리며 왼발로 블라로스의 머리를 걷어차 버렸다.

이번에도 그녀는 비명을 지르지 못했다. 머리가 통째로 박살 나거나 뽑혀나가지 않은 것이 다행이었다.

하지만 정신이 아찔한 것이 몸을 제대로 가누기가 힘들었다. 이대로 가다가는 죽는다. 어질거리는 머릿속에서 '죽음'이라는 단어가 떠올랐다.

'감히……!'

땅을 뒹굴던 블라로스의 몸이 불길에 삼켜졌다. 상처는 순식간에 재생되었다.

거센 불길만큼 살기가 부푼다.

퍼어엉!

폭발로 터져 나간 불길이 하늘로 솟구친다. 전신에 불꽃을 휘감은 블라로스가 악에 찬 고함을 지르며 백현을 덮쳤다.

두 다리를 굳건히 세워 지탱하고, 허리를 옆으로 비틀었다. 백현은 물러서거나 방어하지 않고 불꽃 너머의 블라로스를 노려보았다.

블라로스는 피하지 않고 선 백현의 오만함을 비웃었다. 내지른 손에는 백현의 머리를 쉽사리 으깰 정도의 파괴력이 실렸다.

'주먹은 무겁게.'

초풍신각과 함께 스승에게 배웠다는 무공이다. 백현은 비틀었던 허리를 다시 돌려 감으며 주먹을 뻗었다.

그 '무거움'은 스스로가 두려울 정도였다. 여태까지 수없이 많이 주먹을 뻗었으나, 고민의 여지가 없었다.

지금 이 순간의 주먹은 여태까지 백현이 내지른 그 어떤 주먹보다 무겁다.

벽력천광.

꽈르르릉!

공간이 뒤흔들렸다. 먼저 내질렀던 블라로스의 손은 백현의 주먹과 맞닿은 순간 으깨져 버렸다.

가공할 충격에 블라로스의 몸이 뒤로 날아간다.

'이번에는' 그렇게 두지 않았다. 백현은 진 천마신공을 펼쳤다. 그러자 백현의 뒤에서 일어난 어둠이 수십 개의 가닥이 되어 블라로스를 향해 쏘아졌다.

블라로스는 아무런 저항도 하지 못하고 어둠에 주박되었다.

백현은 주먹을 툭툭 털며 허공에 묶인 블라로스를 올려 보았다. 그녀는 눈을 까뒤집고 실신해 있었다.

"……이거 너무 세잖아."

백현은 헛웃음을 흘리며 중얼거렸다.

이렇게 위력을 확인한 것은 처음이다. 이정도 위력이라면 살령을 썼을 때와 비견해도 될 정도다.

백현을 더욱 놀랍게 하는 것은, 이만한 위력을 컨트롤하는 것에 고작 일주일밖에 걸리지 않았다는 것이었다.

'무공이 아니라 스킬……'

블라로스의 몸이 아래로 내려온다.

백현은 블라로스의 뺨을 몇 대 툭툭 쳐보았다. 하지만 멀리 가버린 의식은 돌아올 기미가 보이지 않았다.

백현은 잠시 그녀를 바라보다가 몸을 돌렸다.

'가능하다면 인질로 삼으라고 했지.'

백현에게는 내키지 않는 일이었다. 차라리 죽이는 편이 낫지 않을까 하고 몇 번 의견을 냈지만, 아진의 주장은 명확했다.

죽어 버리는 것보다는 인질로 삼는 것이 나아. 무도의 마왕의 유일한 심복이라며? 그럴 만한 이유가 있겠지. 어쩌면 애착이 있을지도 모르고.

없으면요? 별 마음 없이 데리고 있는 걸 수도 있잖아요.

그럼 그걸 확인하고 나서 죽이면 돼. 어차피 손해 볼 것은 아니고, 그 심복이란 놈이 인질로서의 가치가 있다면…… 무도의 마왕을 압박할 수 있어.

"성격이 나쁘다니까."

백현은 아진과의 대화를 떠올리면서 중얼거렸다.

그는 여전히 볼라로스에 대한 주박을 놓지 않고, 지하로 이어지는 문으로 향했다.

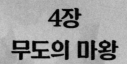

4장
무도의 마왕

문을 여니 의외로 밝다.

백현은 마법으로 밝혀진 조명을 한번 힐긋거린 뒤 아래로 이어지는 계단을 내려갔다.

마왕성의 지하라기에 당연히 음산함과 불길함, 칙칙한 공기 따위를 예상했는데, 미세 먼지 가득한 서울 공기보다 훨씬 맑게 느껴졌다.

물론 마기는 가득했다. 다만, 이제는 너무 익숙해진 탓에 더 이상 미기로는 불쾌감을 느끼지 않게 되었을 뿐이다.

하지만 예상과 다르다고 해서 긴장을 느슨히 할 이유는 없었다.

백현은 심안과 감각을 활짝 열었다.

저 아래에 무엇이 있는지 간파할 수는 없었다. 보이지 않는 벽 같은 것이 백현의 감각을 가로막고 있었다.

'직접 가는 수밖에.'

어차피 그것 말고는 방법도 없다.

백현은 계단을 내려가기 시작했다. 얼마 걷지 않아서, 백현의 등 뒤 허공에 주박되어 있던 블라로스가 신음 소리를 냈다.

"으…… 으윽……."

무시했다. 친근히 말을 건넬 사이도 아니다. 혹여 무도의 마왕을 압박할 수 있을까 해서 붙잡아둔 인질일 뿐이다.

서둘러 계단을 내려가지는 않았다. 간파도 안 되니 저 앞에 뭐가 있을지도 모른다. 무도의 마왕은 초월적 수준에 도달한 흑마법사다. 괜히 서둘러 뛰었다가 트랩에 발이 묶이기라도 하면 골치 아프다.

"이 미친놈……. 왜 날 안 죽인 거야?"

등 뒤에서 블라로스가 헐떡거리며 물었다. 백현은 여전히 입을 다물고 대답하지 않았다.

걸음 하나하나를 주의했고 파악할 수 있는 것을 간파하는 것에 정신을 집중했다.

"여기는…… 지하 계단이잖아……! 너, 이게 목적이었냐? 뭘 바라고 이런 미친 짓을……!"

'얼마나 깊은 거야?'

백현은 눈을 가늘게 뜨고 아래를 보았다. 주변은 밝은데, 아래는 시커먼 어둠이 덧칠된 것처럼 보이지 않는다.

"마왕님의 목을 노리고 온 것 아니었어? 왜 날 데리고 가는 거지?"

"인질."

하도 떠들어대기에 대답해 주었다. 그 말에 블라로스가 숨을 삼킨다.

잠시 뒤, 그녀는 어이가 없다는 듯이 웃었다.

"인질? 내가? 너 진짜 미쳤구나! 나한테 그럴 가치가 있을 것 같아?"

"없어도 상관없어."

"차라리 지금 죽이지 그래? 괜히 날 살려뒀다가 나중에 × 되지 말고."

"목소리가 떨리네."

백현은 작은 소리로 중얼거렸다. 그러면서 고개를 슬쩍 돌려 블라로스를 쳐다보았다.

그녀는 창백하게 질린 얼굴로 백현을 노려보고 있었다. 백현은 그녀의 이마를 축촉이 적신 식은땀과, 그에 젖은 앞머리와 미미하게 떨리는 눈동자와 꽉 다문 입술을 보았다.

"가치가 없다고 말하는 것치고는 너무 동요하는 것 아니야?"

"……지금 같은 상황에 동요하지 않을 놈이 어딨어?"

"하긴, 상황 때문일지도 모르지. 하지만 무조건 상황 때문이라고 치부할 수가 없거든. 이 '상황'이 말이야. 네 동요는 죽을지도 모른다는 것에 대한 두려움이 아니야."

거짓말과 연기. 누구나 할 수 있는 것이라지만, 완벽하게 연기하여 타인을 속이기 위해서는 '눈썰미'가 필요하다.

일주일 동안 아진은 백현에게 무공에 대한 조언은 최소화한 주제에 눈썰미에 대해서는 확실히 알려주었다.

소리, 표정, 냄새, 행동.

상대를 미리 파악하고 있다면 더 쉽겠지만, 처음 본 놈이라도 저 네 개만 확실히 인지하고 있으면 파악하기 어렵지는 않아. 놈이 완벽한 거짓말쟁이가 아니라면 말이지.

목소리의 떨림이나 높낮이, 발음. 그리고…… 네 경우에는 목소리 말고도 다른 소리도 들을 수 있지. 심장이 뛰는 소리에 귀를 기울여라. 어지간한 놈이 아니고서는 심장 소리마저 거짓말로 범벅시킬 수는 없다.

두근, 두근, 두근…….

백현은 블라로스의 심장 소리에 귀를 기울였다. 그녀의 심장은 굉장히 빠르게 뛰고 있었다.

냄새도 마찬가지였다. 그녀에게서는 피와 땀의 냄새가 났다. 아까 전에 흘렸던 땀과는 다른, 신선한 땀의 냄새가.

표정은 바로 보이니까 쉽지. 천무성 덕에 오성이 활짝 열려서 인지, 넌 눈썰미도 굉장히 좋아. 넌 싸울 때 어떻게 싸우지? 상대의 수를 미리 읽고 대처하지. 그것도 눈썰미다. 상대의 표정, 동작, 발이나 손의 움직임…… 눈동자가 향하는 곳. 그 보이는 정보들을 종합해 예측하잖아. 그러니 네게는 익숙할 거다.

백현은 볼라로스가 지금 거짓말을 하고 있다고 생각했다.

인질로서의 가치가 없다고 말했지만, 그 말은 거짓말이다. 그리고 그녀는 지금 이유 모를 초조함마저 느끼고 있었다.

"지금 죽이지 않아도 될 것 같아."

물론 이렇게 간파한 것이 무조건 사실은 아니다. 어디까지나 보이는 정보를 종합해 내린 결론일 뿐이다.

어쩌면 그녀에게는 정말로 인질의 가치가 없고, 저 초조함은 백현이 지하로 내려가고 있다는 것에 기인한 것뿐일지도 모른다.

"……괜히 왔어……."

블라로스가 작은 소리로 중얼거렸다.

"말을 들었어야 했는데. 괜히 내가……."

"그건 또 무슨 말이야?"

다시 아래로 내려가던 백현은, 뒤를 힐긋 돌아보면서 물었다. 어깨와 입꼬리를 축 늘어뜨린 블라로스의 모습이 보였다.

"……마왕님은 널 내버려 두라고 하셨어."

의외의 말이었다.

"네가 성문을 지나 침입한 순간, 즉시 널 알아차리셨지만…… 성 바깥에서 시험 삼아 요격을 시도했을 뿐, 그 이후로더는 요격하려 하지 않으셨다고. 나한테도 가만히 있으라고말씀하셨는데……."

자책감이 그득한 목소리.

거짓말로 들리지는 않는다. 상황도 맞아떨어진다.

성 앞 공터에서 '손'이 나타났을 때. 그 손이 백현에게 행한공격은 그리 치명적이지 않았다. 그리고 본격적으로 성안에들어와서도. 제루올이 말했던 언데드들은 한 마리도 없었다.블라로스가 나타나지 않았다면, 아무 교전 없이 지하로 향할수 있었을 것이다.

"왜 무도의 마왕이 나를 내버려 둔 거지?"

"마왕님을 함부로 부르지 마……!"

"마왕이라고 불러주는 것도 고맙게 생각해. 확 개새끼라고불러 버리기 전에."

백현의 으름장에 블라로스의 어깨가 파들거리며 떨렸다.

"……네가 누구인지, 무엇이 목적인지 확인하고 싶어 하셨어."

"그딴 이유로 날 내버려 뒀다고? 그러다가 내가 목적을 이루면 어쩔 건데?"

"흥, 너 따위가 마왕님의 뜻을 어찌 알겠어? 네가 아무리 강하다고 해봐야 절대 마왕님의 상대는 될 수 없어. 그러니 무의미하단 거야. 괜히 날 인질로 삼았다가는 마왕님이 더 화를 내실걸!"

"죽이면 더 화를 내겠지. 방금 네 말, 인질로서 가치가 있다는 것을 인정하는 것이라 봐도 상관없겠지?"

"아니, 난 인질로서의 가치가 없어."

블라로스가 고집스레 말했다.

"네가 날 죽이거나, 인질로 삼아도. 마왕님은 동요하지 않으실 거야. 인질에 대한 분노는…… 명령을 따르지 않은 내 무능함에 대한 분노겠지. 그리고 그 분노는 널 쳐 죽이는 것에 활용될 거고!"

"넌 죽어도 상관없다는 거야?"

"하하! 그게 무슨 상관이야? 난 죽음 따위 두렵지 않아. 이렇게 불명예스러운 죽음을 맞이한다는 것이 쪽팔릴 뿐! 내가 죽으면 내 혼은 마왕님에게 되돌아 가. 그리고 언데드로 다시 태어나겠지! 무슨 말인지 알겠어? 넌 × 됐다는 거야!"

블라로스가 악에 찬 목소리로 고함을 질렀다. 말하는 것이나 정신이나 도저히 정상이라고 느껴지지 않았다. 백현은 혀를 차면서 걸음을 재촉했다.

'자신감이 너무 과한 거 아니야?'

아직 만나지 못한 무도의 마왕을 떠올린다. 수하에게 가만히 있으라 명령하고, 언데드까지 물리며 백현을 내버려 둔 무도의 마왕이 너무 오만하게 느껴졌다.

[자신이 있을 테니까.]

갑작스레 들린 목소리에 백현은 화들짝 놀랐다. 마왕성에 들어오고서 끊어졌던 아진의 목소리가 다시 들려왔다.

'좀 말이라도 하고……! 아니, 그보다 어떻게 된 거예요? 대체 언제부터 연결된 거죠?'

[네가 성안에 들어왔을 때부터.]

'뭐야, 그러면 아까 전부터 듣고 있었다는 거잖아……! 그런데 왜 아무 말도 안 한 거예요?'

[말할 필요가 없었으니 안 했지. 딱히 끼어들 이유도 없었고. 그리고 널 시험한 것이기도 하고 말이야.]

아진이 이죽거린다.

'시험?'

백현은 눈살을 찡그렸다.

[나와의 연결이 끊어진 것을 빌미로, 네가 무도의 마왕에게 쳐들어가지 않을까 생각했거든. 만약 그랬다면 네게 쌍욕을 처박거나, 널 죽게 내버려 두었을 거다.]

'와, 아직도 날 못 믿어서……!'

[말했을 텐데, 난 계획을 이루는 것만을 목적으로 두고 있다

고. 네 병신 같고 광적인 전투 욕심은 내 목적에서 가장 큰 변수야. 하지만 잘 참더군. 블라로스와 싸우고 무도의 마왕에게 가지 않고 바로 지하로 왔잖아.]

'……그거 말고 따로 할 말은 없어요?'

[나이가 몇인데 칭찬에 목말라 하는 거냐. 초풍진각과 벽력천광을 잘 써먹은 것이 그렇게 자랑스러워?]

'칭찬은 곰도 춤추게 한다는데.'

[미련한 곰 새끼가 되고 싶다면 칭찬해 주지. 잘했어.]

엎드려 절 받는 것보다 기분이 나빴다.

[성문을 처음 지났을 때, 강력한 반발력이 연결을 일시적으로 끊어버렸다. 금방 다시 연결되기는 했지만…… 그래도 이것으로 확실해졌군.]

'뭐가요?'

백현의 걸음이 멈추었다.

지하 계단은 끝났다. 그의 눈앞에는 거무튀튀한 색의 커다란 문이 있었다.

문에는 다양한 마법적 문양이 새겨져 있었고, 자물쇠 같은 잠금장치는 보이지 않았다.

[무도의 마왕은 단순한 마왕이 아니다.]

'네?'

[삼도천을 갈랐다고 했을 때 혹시나 싶었는데. 너와의 연결

까지 끊어버린 것을 보면 확실해. 그 어떤 대마왕이라도 명계의 법칙을 따르는 삼도천을 가를 수 없고, 내가 직접 삼은 '사도'와의 연결을 끊을 수 없어.]

백현은 천천히 문을 향해 손을 뻗었다.

그 순간이었다.

파직!

검은 전류가 튀어 올라 백현의 손을 휘감았다. 그러자 등 뒤에서 블라로스가 깔깔거리며 웃음을 터뜨렸다.

"멍청아! 이 중요한 곳에 아무런 방어책도 마련해 두지 않았을 것 같아? 넌 이제 끝이야! 마계의 지옥염(地獄炎)이 내 영혼을 불태워 소멸시킬 거다!"

[쫄지 마.]

화들짝 놀라 불길을 떨쳐내려 손을 흔드는데, 아진이 중얼거렸다.

[아직 쫄기에는 일러.]

파삭!

백현의 손을 휘감은 빛이 지옥염을 손쉽게 꺼뜨렸다.

깔깔거리며 웃던 블라로스의 웃음이 뚝 멎었다. 분명히 불에 삼켜졌었는데, 백현의 손은 멀쩡했다.

'……그래서. 무도의 마왕은 어떻다는 거예요? 단순한 마왕이 아니라면서요.'

백현은 빛에 휘감긴 손을 문에 가져다 대었다. 거세게 일어난 지옥염이 백현의 손뿐만이 아니라 몸 전체를 삼켰다.

하지만 백현은 조금의 뜨거움도 느끼지 못했다.

끼긱, 끼기긱…….

강하게 힘을 주어 손을 밀어붙인다. 그러자 문에 새겨진 문양들이 꿈틀거린다.

[경우는 두 가지다. 가장 희망적인 것은 무도의 마왕이 마신에게 특별한 힘을 받았다는 것이고.]

꿈틀거리던 문양이 튀어나와 백현을 덮쳤다. 하지만 백현에게 닿기도 전에, 그의 몸에서 터진 빛에 역으로 소멸되었다.

쩌적!

문 표면에 커다란 금이 간다.

"아, 안 돼."

블라로스가 기겁하여 중얼거렸다.

[가장 × 같은 건…… 뭐, 직접 보면 알겠지.]

쫘직!

문이 박살 났다.

백현은 가루가 되어 흩어지는 문을 지나쳤다. 더 이상 아래로 이어지는 계단은 없었다. 문 너머는 넓은 평지였다.

힐긋 위를 올려보니……. 지하일 텐데 천장은 없다. 아무래도 공간을 뒤틀어 만들어놓은 이공간인 듯했다.

백현은 아진이 말했던 '문'을 찾았다.

'……저게 문이에요?'

[그래.]

오래전 미술 교과서에서 보았던 그림이 떠올랐다. 로댕이 조각한 '지옥문'. 벽에 붙지 않고 덩그러니 놓인 '문'은 지옥문과 똑같이 생기지는 않았으나, 보고 있는 것만으로 가슴이 울렁거리고 불쾌감을 느끼게 만들었다.

이 기분은 저 문으로 인한 것일까. 아니면.

"이곳이었군요."

문 앞에 편히 앉은 남자 때문일까.

그는 친근한 목소리로 말을 걸면서 몸을 일으켰다. 무릎에 손을 대고, 그렇게 일어서서…… 엉덩이를 툭툭 턴다.

자연스럽고 평범한 모습이었다. 그는 프릴 달린 셔츠를 입고 검은 바지를 입었다. 신발은 반들거리는 검은 구두였다.

검은 머리는 깔끔하게 정돈되어 있었고, 눈동자는 붉었다.

그리고 귀 위에 하나씩. 짤막한 뿔이 돋아 있었다.

"혹시나 생각은 했지만, 설마 진짜로 이곳을 노릴 줄은 몰랐습니다."

백현은 편하게 늘어뜨린 남자의 양손을 보았다.

저 손. 아까 백현이 보았던 손과 똑같다.

"만약 저를 찾아오신 거였다면 약소하게나마 다과라도 대접

했을 텐데 말입니다. 아, 그리고…… 제 부하가 실례를 범한 것 같군요. 원체 말을 듣지 않는 아이라 그만. 아무래도 따끔한 교육이 필요할 것 같아요."

무도의 마왕이 웃으며 말했다. 블라로스가 히끅 하고 딸꾹질을 했다.

백현은 아무 말도 하지 않고 무도의 마왕을 응시했다.

"의외로 과묵하시군요. 일단…… 당신이 누구인지 듣고 싶은데. 아, 감찰관 베키누스라는 말은 하지 말아주세요. 꽤 재미있는 거짓말이기는 했습니다만, 두 번 들으면 재미없을 테니까요."

무도의 마왕은 양손을 들어 올렸다. 마치 아무 적의가 없다는 듯이, 빈손을 머리 옆으로 들어 펼쳤다.

"전 무도의 마왕…… 이라고 불리고는 있는데, 사실 그것보다는 진짜 이름으로 불리는 것을 좋아합니다. 저는 김종현이라고 합니다. 당신은 누구십니까?"

한때 인간이었다는 마계의 유일무이한 마왕이 자신을 소개했다.

[최악이군.]

아진이 작은 소리로 중얼거렸다.

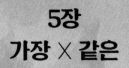

5장
가장 ✕ 같은

무엇이 최악이라는 것인지 백현은 아직 알 수가 없었다. 다만, '위험하다'는 것은 아진의 설명 없이도 느끼고 있었다.

무도의 마왕은 너무 여유로웠다.

마왕의 인장은 백현의 격을 대행해 준다. 즉, 필멸자인 백현을 마왕과 동격의 존재로 만드는 것이다. 그것은 무도의 마왕도 느끼고 있을 터인데, 그는 백현을 눈앞에 두고 조금의 긴장도 없이 평온했다.

그리고 백현은 무도의 마왕의 태도가 결코 허세가 아님을 느끼고 있었다.

'틈이 안 보여.'

심안은 물론이고 여태까지 쌓아온 전투 경험을 총동원해

무도의 마왕을 살피고 있다.

그런데…… 틈이 안 보인다. 보고 있는 것만으로도 가슴이 꽉 죄인다.

이미 몇 번이고 느꼈던 기분이다. 혈사자와 마룡왕 같은. '절대로' 이길 수 없는 상대와 마주하고, 그럼에도 싸워야 할 때. 지금과 같은 압박감을 느꼈다.

"먼저 소개한 제가 민망해지는군요."

무도의 마왕, 무도의 마왕이 너털웃음을 흘렸다.

그는 적의 없이 들었던 손을 천천히 내리며 말했다.

"이런 상황에서, 이렇게 마주하기는 했지만…… 전 당신을 무조건 적으로 삼을 생각은 없습니다. '고작' 이런 일로 적이 되기에는 너무 각박하지 않습니까?"

무도의 마왕은 그렇게 말하면서 백현에게 한 걸음 다가왔다. 백현은 반사적으로 어깨를 긴장시키며 주먹을 쥐었다.

그를 힐긋 본 무도의 마왕은 더 걷지 않고 그 자리에 멈췄다.

"그러니, 부디, 당신이 누구인지 알려주시겠습니까. 그리고 왜 이곳에 왔는지, 왜 그럴 수밖에 없었는지 저에게 말해주십시오. 만약 제가 도울 수 있는 일이라면, 저는 당연히 도울 것입니다."

[설마 저 개뼈다귀 같은 말에 혹하지는 않겠지?]

'그렇게 순진하진 않아요.'

위험하다는 감각은 여전하다. 저 친근한 웃음과 눈동자로 어떤 감정과 목적을 감추고 있는지 도저히 간파할 수가 없었다.

[놈의 속내를 읽을 생각은 집어치워. 저놈은 타고난 거짓말쟁이다.]

'그걸 어떻게 알아요?'

[거짓말쟁이는 거짓말쟁이를 알아보는 법이야. 그리고 상식적으로, 지금 상황에서 저렇게 쪼개며 친근히 구는 성격으로 어떻게 마왕이 됐겠어?]

백현은 등 뒤에서 파들파들 떨고 있는 블라로스를 의식했다. 일단 인질로 잡고 있기는 한데, 무도의 마왕에게 인질은 큰 의미가 없을 것 같다. 그러면 죽일까? 아니면…….

"대화가 되질 않는군요. 기왕이면 당신의 입으로 직접 듣고 싶었는데 말입니다."

무도의 마왕은 여전히 웃고 있었다. 입매와 마찬가지로 곡선을 그린 눈. 그 안의 눈동자가 가늘어졌다.

"흑장미여왕은 잘 지내고 있습니까?"

그 질문에 백현의 정신이 날카로이 섰다.

꽈드득!

블라로스를 주박하고 있는 어둠에 힘이 가해졌다. 팔다리가 통째로 뽑혀 나간 블라로스가 내지른 비명이 신호탄이 되었다.

백현은 땅을 박차고 앞으로 뛰어나갔다. 하나뿐인 심복의 팔다리가 참혹히 뜯기는 것을 직접 보았는데도 무도의 마왕의 웃음은 흔들리지 않았다.

그는 천천히 오른손을 들어 올리며 백현을 맞이했다. 손가락 사이사이에서 끈적한 어둠이 꿈틀거렸다.

블라로스가 피를 쏟아내며 바닥에 널브러졌을 때, 백현이 휘둘러 쏘아낸 파천강기와 무도의 마왕의 손이 충돌했다.

쫘앙!

어둠이 나부낀다. 무도의 마왕이 뻗은 손은 어둠의 장막과 이어져 있었다.

백현은 가속을 줄이지 않고 돌진하며 주먹을 내질렀다.

쫘르르릉!

벽력천광이 천둥소리를 울리며 장막을 산산조각 냈다. 하지만 무도의 마왕은 그 자리에 없었다.

"흑장미여왕에 자극된 것은 아닌 것 같은데."

놀라긴 했지만, 대뜸 공격할 정도의 자극은 아니었다. 단지 무도의 마왕이 들어오라는 듯이 틈을 보였고, 일단 되든 안 되든 찔러보았을 뿐이다.

"마, 마왕님……."

"쉿. 당신에 대한 체벌은 나중에."

블라로스가 울먹거렸지만, 무도의 마왕은 그 말을 들어주지 않았다.

그가 가볍게 휘저은 손에 블라로스의 몸이 어둠에 삼켜졌다.

"왜 그녀를 죽이지 않은 겁니까?"

"언제고 죽일 수 있을 테니까."

블라로스의 기척이 공간에서 완전히 사라진다. 백현은 그것을 조금 아쉽게 여겼다.

백현으로서는 차라리 블라로스와 무도의 마왕이 합공해 주는 것이 편했다. 일대일로는 틈을 노릴 자신이 없었기 때문이다.

하지만 합공, 그것도 합공이 익숙하지 않은 둘이라면, 무도의 마왕 하나만 상대하는 것보다 변수가 창출될 가능성이 크다.

"제가 어떻게 흑장미여왕에 대해 알고 있는지는 궁금하지 않은 겁니까?"

"마왕의 인장."

그다지 고민이 필요한 질문은 아니었다. 백현의 무뚝뚝한 대답에 무도의 마왕이 짝짝 박수를 쳤다.

"맞습니다. 당신은 흑장미여왕이 가지고 있어야 할 마왕의 인장을 가지고 있어요. 왜 그게 당신에게 있는 겁니까? 아, 그리고 아까의 질문은 정말 궁금해서 물어본 겁니다. 흑장미여왕은 잘 지내……."

백현은 무도의 마왕과 대화 따위를 나눌 생각은 없었다. 저 무도의 마왕이란 존재에게 대단한 적대감은 없었으나, 목적을 이루기 위해서는 무도의 마왕은 반드시 넘어야 할 산이었다.

문답무용으로 덤벼오는 백현을 보며 무도의 마왕은 아쉬움에 입맛을 다셨다. 오랜만의 외인(外人), 그것도 상당한 흥미를 이끌어내는 존재인데. 아무래도 저 알 수 없는 침입자는 대화의 즐거움을 알지 못하는 모양이었다.

"아쉽게도."

무도의 마왕은 그렇게 중얼거리며 손을 뻗었다. 그러자 무도의 마왕을 중심으로 어둠의 장막이 전개되었다.

백현의 속도는 마왕의 눈으로 좇는 것이 쉽지 않았으나, 꼭 좇을 필요도 없었다.

이곳은 마왕성. 무도의 마왕의 영역이다. 그는 굳이 보지 않아도 백현이 어디에서 움직이고, 어떻게 공격해 올지를 간파하고 있었다.

[현혹은 무의미해. 몰아붙여라.]

아진이 조언했다.

그리 말하지 않아도 그렇게 할 생각이었다.

쿠웅!

초풍진각을 펼친 발이 대지를 뒤흔들었다. 백현은 이미 무도의 마왕의 바로 앞에 와 있었다.

연이어 휘두른 다리가 장막을 찢는다. 무도의 마왕은 당황

없이 손가락을 까딱였다.

찢긴 어둠이 백현을 덮쳐온다. 백현은 들지 않은 다리를 축으로 삼아 매섭게 회전했다.

파천강기가 칼날처럼 휘둘러져 어둠을 찢는다. 발밑에서 솟구친 촉수가 그의 몸을 잡으려 들었지만, 힘주어 내리찍은 발이 지면을 터뜨리며 백현을 위로 도약시켰다.

'무극도.'

뛰지 않는 심장이 격동하는 것 같다. 스킬로서 펼쳐진 무극도가 백현의 모든 움직임과 무공에 깃든다.

여유로운 얼굴로 손을 뻗던 무도의 마왕의 뺨이 움찔 굳었다.

쫘아앙!

응집해 쏘아낸 지옥염은 무도의 마왕을 안심시키지 못했다. 아직 일어나지 않은 일이었으나, 무도의 마왕은 이후 무슨 일이 벌어질지 알았다.

결코 꺼지지 말아야 할 불길이 백현의 손짓에 꺼져 버린다. 이어 뻗은 주먹이 무도의 마왕의 무릎을 굽히게 만들었다.

무도의 마왕은 헛웃음을 흘리며 머리 위에서 쏟아지는 압박감을 받아들였다. 몸 안에서 뼈가 박살 난다.

쿠웅!

무도의 마왕의 몸이 뒤로 붕 떠올랐다. 그는 우그러진 가슴을 돌보지 않고 손을 휘저었다.

빠직!

무도의 마왕의 공격은 보이지 않는다. 그래도 상관없었다.

백현의 호신강기는 절대 뚫리지 않는다. 백현의 발은 절대 무도의 마왕과 거리를 벌리는 것을 허락하지 않는다. 백현의 눈은 절대 무도의 마왕을 놓치지 않는다. 백현의 주먹은 절대 막히지 않는다.

무도의 마왕은 순식간에 수백 겹의 방어벽을 만들어냈다. 그리고 그 방어벽은 만들어내는 것에 걸린 시간보다 빠르게 박살 났다.

멈추지 않고 내질러진 주먹이 무도의 마왕의 몸과 닿는다. 닿았다 해도 멈추지 않는다.

백현의 주먹은 더 앞으로 나아갔다. 그렇게 되리란 믿음. 무극도에 의해 주어진 절대적 의념이 결국 무도의 마왕의 몸을 관통하고 말았다.

"이건……."

무도의 마왕의 입술이 열렸다. 몸 정중앙에 커다란 구멍이 났음에도 그의 목소리는 조금도 흐트러지지 않았다.

"당신의 격으론 도달하지 못했을 힘."

[안 죽었군.]

보다시피.

백현은 무도의 마왕을 관통한 팔을 비틀었다.

퍼어엉!

그의 팔을 휘감고 있던 파천강기가 확장되어 무도의 마왕을 터뜨렸다.

"누군지 모르겠지만, 위대한 절대적 존재가 당신을 가호하고 있군요."

"이래서야 더 흥미가 가지 않습니까. 흑장미여왕의 인장에, 절대신격의 가호까지."

"대체 어떻게 된 겁니까?"

무도의 마왕은 흔적도 없이 사라졌으나, 그의 목소리는 공간 전체에서 울렸다. 백현은 잠자코 서서 무도의 마왕이 다시 나타나는 것을 기다렸다.

"당신의 이름이 백현 맞습니까?"

갑작스러운 말이었다.

백현은 움찔 굳어서 고개를 돌렸다. '문'과 가까운 곳에 무도의 마왕은 상처 하나 없는 모습으로 서 있었다.

"행방불명된 지 일 년쯤 되었다는데. 왜 당신이 내 마계……아니, 명계에 와 있는 겁니까?"

무도의 마왕의 손에는 두꺼운 책 한 권이 놓여 펼쳐져 있었다. 책을 휘감은 검은빛은 끔찍할 정도로 불길했다.

백현은 굳은 얼굴로 무도의 마왕을 노려보았다. 그 시선에 무도의 마왕이 입꼬리를 살짝 올려 웃었다.

"어떻게 그걸……."

"알고 있냐고요? 글쎄요. 이제야 대화를 하시렵니까."

무도의 마왕이 즐겁게 웃는다.

"자, 제가 그걸 어떻게 알았을까요? 아까만 해도 저는 당신의 아무것도 몰랐습니다. 아, 그건 사실이었어요. 이제야 알게 되었을 뿐이죠. 다른 누군가가 알려주었거든요."

"누가?"

"누구겠습니까? 당신도 어렴풋이 짐작은 할 것 아닙니까. 어비스의 신격, 아니…… 군주 중에서. 대체 '누가' 마왕과 연관이 있고, 당신에 대해 알고 있겠습니까?"

누구인지 정확히 말하지는 않았으나, 백현이 충분히 유추할 수 있을 조건은 모두 알려주었다.

백현은 싸늘하게 식은 눈으로 무도의 마왕을 노려보았다.

마왕과 연관이 있고, 백현에 대해 아는 군주. 그건 둘뿐이었다. 악몽의 결정자와 흑장미여왕. 둘 중 누군가가 무도의 마왕에게 백현에 대해 알려주었다.

[아니.]

짜증과 배신감이 뚜렷해지기 전. 아진이 백현의 생각을 부정했다.

[둘은 아니다.]

'네?'

[흑장미여왕과 악몽의 결정자는 네가 '죽은 것'을 알고 있어. 무도의 마왕은 널 보고 '행방불명'이라고 했지. 만약 그 둘이 너에 대해 알린 것이라면, 무도의 마왕이 굳이 행방불명이라는 말을 쓸 리가 없지.]

'그렇다면 뭐예요? 저 둘 말고 대체 누가······.'

[퓨어세인트.]

아진이 조용히 말했다.

갑자기 그 이름이 왜 나온단 말인가?

[나중에 얘기해 주마. 일단 저 새끼 좀 치워두고.]

"누구라고 생각합니까?"

무도의 마왕이 히죽 웃으며 묻는다.

설마 이곳까지 와서 이간질을 당할 줄이야. 백현은 내심 어이가 없었고, 왜 아진이 퓨어세인트의 이름을 말한 것인지도 궁금했다.

하지만 당장 그 질문에 대한 답을 구하지는 않았다. 열 받았다.

백현의 눈에 살기가 어렸다. 아까까지만 해도 목적을 위해 어쩔 수 없이 무도의 마왕과 싸우는 것이었는데, 놈이 지껄인 말 덕분에 마냥 목적에만 충실할 수는 없게 되었다. 이간질을 해대며 키득거리는 무도의 마왕을 죽여 버리고 싶어졌다.

무도의 마왕은 백현의 살의를 받으며 손가락을 들었다.

"당신이 누구인지는 알았지만, '왜' 이곳에 있는지, 어떤 절대

신격이 당신을 가호하는지는 아직 모르겠군요."

팔랑.

마도서가 넘겨진다. 마도서의 불길함이 강해진다. 그 불길함이 무도의 마왕을 휘감았다.

"자, 다시 해봅시다."

그 중얼거림에 호응하듯이 세상이 바뀌었다. 한 치 앞이 보이지 않는 칠흑 같은 밤이 되었다.

흐름이 꽉 막힌다. 어둠이 우릉거린다. 마치 어떤 짐승의 뱃속에 들어온 것 같았다. 가득한 어둠이 꿈틀거리며 백현의 존재를 압박한다.

밝은 빛이 백현을 보호하듯이 휘감았다. 여태까지 아진은 백현을 직접 보조하지 않았으나, 지금은 직접 신력을 전해주면서 백현에게 힘을 더해주고 있었다.

[아까처럼 쉽지는 않을 거야.]

백현은 아진의 목소리에서 짜증과 긴장을 느꼈다. 아진의 이런 목소리를 듣는 것은 처음이었다.

'왜요?'

[무도의 마왕은 마신의 사도다.]

아진이 내뱉었다.

[가장 × 같은 경우가 되었단 말이지.]

마신의 사도.

그것이 무슨 의미인지 묻기도 전에 어둠이 덮쳐왔다.

백현은 반사적으로 몸을 뒤로 빼려 했지만, 즉시 회피가 무의미하다는 것을 깨달았다.

공간을 가득 채운 어둠 전원이 무도의 마왕이 지배하는 힘이었다. 즉, 어디로 도망치든 간에 이 공격에서 벗어날 수는 없다는 것이다.

아진이 전해준 신력이 백현의 의지에 따라 움직인다.

백현이 일으킨 파천강기와 눈부신 백색의 신력이 뒤섞였다. 그렇게 만들어진 수십 장의 꽃잎이 백현의 주변을 뒤덮었다.

꽈아아앙!

태극연화가 완성된 순간, 무도의 마왕이 지배하는 어둠이 격돌했다. 그 어마어마한 충격은 태극연화의 안에서도 저릿할 정도로 느낄 수 있었다.

백현은 방어에 힘을 쏟는 한편 심안을 빛냈다.

무극도.

이 절대적인 무학은 무공이란 개념을 넘어 무(武) 그 자체였다. 그 절대적인 무가 백현의 몸에 깃든다.

본래 백현의 심안은 완전히 개안되지 않았고, 혈사자와 싸울 적에는 검무희의 도움을 받아 일시적으로 완전한 개안을 했을 뿐이었다.

그 불완전한 심안에 무극도가 깃든다. 그리 뜨여진 심안은 놀랍게도 검무회와 연결되어 개안했던, 완전한 심안보다도 밝았다.

공간의 모든 흐름이 백현의 시야에 들어왔다. 그 터무니없는 전능함에 백현은 자신도 모르게 숨을 삼켜 버렸다.

하나 그를 더욱 놀라게 한 것은, 이 절대적 심안으로도 몰아치는 흐름의 '틈'을 간파할 수 없다는 것이었다.

[말했을 텐데. 무도의 마왕은 마신의 사도라고.]

쿠구구궁!

태극연화의 꽃잎이 한 장 한 장씩 부서져 간다.

백현은 천천히 손을 들어 올렸다. 살령을 썼을 때와 버금가는 전능함이 그를 가호하고 있었다.

천의무봉.

백현의 손이 움직인다.

푸확!

태극연화를 모조리 으깨고서 침입하던 어둠이 우뚝 멈추었다.

백현은 고요한 눈으로 '정지'한 어둠을 응시했다.

이 '빌려온' 힘은 백현이 아직 도달하지 못한 전능함을 대행한다. 그를 바탕으로 펼치는 손짓 모두가 가히 기적이라 할 만했다.

흐름이 바뀐다. 틈이 보이지 않아도 상관없다. 간섭했다가는 되려 이쪽이 삼켜질 거대한 흐름이라도, 지금의 백현은 아무리 거센 흐름이라 할지라도 삼켜지지 않을 만큼 굳건했다.

천의무봉의 간섭에 따라 흐름이 모조리 개변되어 간다. 어둠이 소멸되고 무도의 마왕의 모습이 보인다.

칠흑에 삼켜진 마도서를 내려 보고 있던 무도의 마왕이 사뭇 놀란 표정으로 백현을 보았다.

곧이어 그의 입가에 즐거운 미소가 맺혔다.

"그렇군요."

당황보다는 감탄. 무도의 마왕은 고개를 끄덕거렸다.

"설마 그 존재가 당신을 가호할 줄이야……! 하하! 위대한 존재여, 듣고 있습니까? 당신이 이곳에 있다는 것, 그리고 사도를 통해 이 일을 꾸몄다는 것! 당신은 지금 마계와 마신께 선전 포고를 한 것입니다!"

[× 까라고 해줘.]

아진이 이죽거린다. 몸을 가득 채운 전능감이 등을 떠미는 것 같았다.

백현은 한 걸음 앞으로 걸으며 말했다.

"× 까."

시간은 백현의 몸을 포착하지 못했다. 초풍진각은 백현을 바람보다 더 빠르게 가속시켰다.

백현이 느낀 찰나의 순간. 시공간이 그의 발아래에 있었다.

그건 더 이상 가속이라 할 수도 없었다. 움직이려 마음먹어

발을 뻗은 순간에 이미 무도의 마왕의 앞에 있는데, 어찌 이걸 이동이라 할 수 있단 말인가?

"하하!"

무도의 마왕이 웃음을 토했을 때. 그의 머리는 이미 박살 나 있었다.

연이어 뻗은 주먹이 무도의 마왕의 몸뚱이를 분쇄했다. 하지만 칠흑을 쏟아내는 마도서는 여전히 존재했다.

백현은 손을 뻗어 마도서를 잡으려 했다. 그러나 잡을 수 없었다. 손이 닿기도 전에, 마도서를 휘감은 칠흑이 파직거리며 저항을 내뿜었다. 그것은 천의무봉으로도 간섭이 불가능했다.

칠흑 속에서 마도서가 사라진다.

그리고 다시 나타난 마도서는 상처 하나 없이 멀쩡한 무도의 마왕 손 위에 있었다.

[아직.]

소리 없는 웃음 속에서 마도서의 어둠이 증식했다.

이윽고 어둠이 무도의 마왕의 몸 안으로 스며들었다.

백현은 또다시 초풍진각을 통해 시공간을 뛰어넘었다. 하지만 아까와는 다르다. 징조도 없이 마법이 펼쳐졌다.

키이잉!

결코 쫓을 수 없을 속도가 잡힌다.

완성된 주박이 백현의 몸을 압박했다. 백현은 쥐고 있던 주먹을 앞으로 던졌다.

주박을 박살 낸 순간, 셀 수 없이 많은 검은 번개 줄기가 백현을 덮쳐왔다.

심안으로 포착하고 천의무봉을 펼쳤다. 당장 간섭해 꺾을 수 있는 흐름을 모조리 개변한다.

쉽지 않다. 백현의 천의무봉에 더해진 절대성과 같은 것이 무도의 마왕이 쏘아내는 전류에도 어려 있었다.

백현의 손이 수백 개의 잔상을 만들었다. 한번 쏘아낸 일권이 수백 개의 타격을 만들어 전류를 상쇄했다.

백현의 발아래가 활짝 열린다. 나락으로 이어지는 심연이 그의 발아래에 있었다. 추락하기 직전에 공중을 박차 위로 뛰어오른다.

아래에서 무언가가 번쩍였다.

콰르르!

시커먼 불길의 격류가 위로 치솟는다.

백현은 빠득 이를 씹으며 손을 아래로 내리찍었다. 무극도와 더해진 흑운이 폭포처럼 쏟아져 불길을 상쇄했다.

"그리운 느낌입니다."

무도의 마왕이 손을 들어 올린다. 복잡한 마법진이 그의 손짓에 따라 주변을 뒤덮었다.

"당신 같은 무투가와 싸우는 것이 얼마 만인지……"

무도의 마왕은 오래전, 그가 아직 제대로 된 마왕이 되기 이전을 떠올렸다.

지금은 투신의 성역이 되어버린 세계. 그 세계에서 영원히 추방되었다는 것이 아쉬울 따름이다. 그렇지만 않았어도, 흑장미 여왕을 대신해 그 세계에 강림하겠노라고 직접 자원했을 텐데.

그런 아쉬움을 잠시 덜어두고, 무도의 마왕은 마법을 발동했다. 무수히 많은 마법진이 빛을 발했다.

그렇게 뿜어진 것은 도저히 눈 뜨고 볼 수 없을 빛의 폭풍이었다.

백현은 크게 숨을 삼키며 자세를 비틀었다. 그는 천존의 포격과 비교도 되지 않을 포격이다.

백현은 전신에 신력과 파천강기를 휘감고 앞으로 돌진했다.

백현의 몸이 빛에 삼켜졌다. 공간 전체를 휩쓸어내는 빛의 폭풍 속에서 작디작은 검은 점이 하나 반짝였다.

점이 크게 확장된다. 무도의 마왕의 표정이 바뀌었다.

파라라락!

마도서가 빠르게 넘겨진다. 영창도 없이 마법이 펼쳐졌다.

무도의 마왕의 몸이 붕 떠올랐다. 절대적 방어 결계가 그의 몸을 뒤덮었다.

파천이 펼쳐졌다. 본래부터 가히 절대적이라 할 수 있는 위력의 파천에 무극도가 더해졌다.

마법진이 모조리 박살 나며 빛이 소멸했다. 세상 전체를 짓뭉갤 듯한 파괴가 공간을 휩쓴다. 무도의 마왕은 아찔한 현기증을 느꼈다.

그건 백현도 마찬가지였다. 아무리 아진의 사도가 되었다지만 이 터무니없는 전능감과 절대성은 사도라 하여 감당할 만한 것이 아니었다.

[그나마 넌 사정이 나아. 무도의 마왕은 너보다 더한 부담을 느끼고 있을 거다.]

소멸에 흩어지는 빛의 잔재를 뒤로하고 앞으로 나아간다. 결계 너머에서 무도의 마왕이 경악하고 있는 것이 보였다.

이윽고 그 경악은 환희로 바뀐다. 백현은 그가 대체 무엇에 환희하는 것인지 알 수 없었다.

[넌 무도(武道)에 올라 있다. 나 역시 그를 통해 절대신격이 되었고. 그렇다 보니 내 신력은 너와 잘 맞아.]

그런 것 치고는 몸이 박살 나는 것 같다. 정확히 말하자면 이 몸은 진짜 육체가 아니니, 영혼이 박살 나는 것 같다고 해야 하리라. 그건 여태까지 느꼈던 그 어떤 고통에 비견할 수 없을 정도로 끔찍했다.

[하지만 무도의 마왕은 아니야. 마신의 힘은 그 어떤 존재와도 맞지 않는다. 마왕이라 해도 마찬가지지. 그나마 무도의 마왕이 마신이 사도가 될 수 있었던 것도, 놈이 본래 인간이었기

때문일 거다.]

던진 일권이 무도의 마왕의 결계를 박살 낸다. 하지만 그의 몸을 붙잡기도 전에 무도의 마왕의 몸이 사라졌다.

[놈은 삼도천을 열고 쭉 마왕성 안에서 칩거했다지. 그만한 권능을 일으켰으니 정양할 수밖에 없었겠지. 지금은 그나마 회복한 모양이지만…… 머지않아 한계가 올 거다.]

그런 것 치고는 무도의 마왕의 반격이 매섭다. 백현은 직감적으로 몸을 비틀었다.

대체 몇 번의 죽을 위기를 넘겼는지 모르겠다. 무도의 마왕은 저 멀리 있었다.

땅 위에 선 그는 여전히 웃고 있었으나 그 안색은 창백했다. 지금 그는 백현보다 더한 고통을 느끼고 있는데도 조금의 비명과 신음도 흘리지 않고 있었다.

무도의 마왕의 몸이 활짝 열렸다. 비유 따위가 아니었다. 가슴 한복판에 나타난 선이 쭉 갈라지며 무도의 마왕의 몸에 틈새를 만들었다.

무도의 마왕은 한쪽 손에 마도서를 들고 뚜벅뚜벅 백현에게 다가왔다.

활짝 열린 틈새로 비치는 것은 피와 내장이 아니었다. 시커먼 어둠이 그 안에 담겨 찰랑거린다.

백현은 삐걱거리는 몸을 이끌었다.

무도의 마왕이 입술을 달싹거렸다. 도저히 알아들을 수 없는 중얼거림이 고속으로 이어졌다.

갈라진 틈새에서 넘쳐흐른 어둠이 뚝뚝 떨어진다. 어둠은 바닥에 고이지 않고 살아 있는 생물처럼 꿈틀거리다 펄쩍 뛰었다.

백현은 덮쳐오는 공격에 마주 달렸다. 진 천마신공이 펼쳐졌다. 등 뒤에 형성된 강기의 수는 세는 것이 무의미했다.

휘둘러 베어내고 쏘아 찌른다. 강기는 백현의 수족이 되어 어둠을 찢었다. 연이어 초풍진각을 펼치지만, 무도의 마왕과의 거리를 좁힌다. 내지른 손바닥에서 장력이 뿜어졌다.

무도의 마왕은 물러서지 않았다. 오히려 가슴을 활짝 펴며 백현의 힘을 맨몸으로 받았다. 백현의 장력이 무도의 마왕에게 삼켜졌다.

"커윽!"

하지만 신음을 터뜨린 것은 무도의 마왕이 아닌 백현이었다. 전혀 예상하지 못한 각도에서 들어온 공격이 백현의 몸을 붕 뜨게 만들었다.

그건 무도의 마왕이 행한 공격이 아니었다. 그의 몸에 삼켜졌던 장력이, 공간을 비틀어 만들어진 새로운 틈새를 통해 백현을 공격한 것이다.

백현의 몸이 붕 떠오른 순간 무도의 마왕이 손을 뻗는다. 마도서를 휘감고 있던 빛이 백현을 향해 쏘아졌다.

백현은 이를 악물고서 몸을 비틀었다. 백현의 왼쪽 어깨가 어둠에 꿰뚫렸다. 그것이 최선이었다.

　힘이 쭉 빠지는 어깨를 무시하고서 허공을 박찬다. 무도의 마왕이 등허리를 젖혀 백현을 올려보았다.

　넘쳐흐르던 어둠이 위를 향해 뿜어졌다. 백현은 이를 악물었다.

　'피하기는 늦었고, 막는다면……'

　[질풍신뢰!]

　대뜸 아진이 고함을 질렀다.

　'쓰면 안 된다더니?'

　순간 그런 생각이 들었지만, 그렇다고 마땅한 방법이 있는 것은 아니었다.

　백현은 질풍신뢰를 펼쳤다.

　파직!

　시커먼 번개가 백현의 몸을 집어삼켰다. 그것을 본 무도의 마왕의 눈이 부릅떠졌다.

　'닮았다? 아니, 닮은 것이 아니다.'

　무도의 마왕은 백현이 펼친 것이 무엇인지 알고 있었다.

　'달라……'

　마황에게 질풍신뢰를 전수받고. 여태까지 참 많이 질풍신뢰를 써왔다. 하지만 단 한 번도 지금처럼 된 적은 없었다.

나름대로 변형을 주어 응용하는 식으로 '일반적'이지 않게 질풍신뢰를 썼을 때도. 지금 같은 적은 없었다.

의식은 또렷한데, 아무런 감각도 느껴지지 않는다. 아무것도 보이지 않는다.

[한 번이다.]

아진이 내뱉었다.

[여기가 바로 시공간의 틈이다. 원래라면 이곳에서 영원히 헤매던가 버티지 못하고 소멸하지.]

'원래라면? 그럼 지금은?'

[내가 네 혼을 붙잡고 있다. 이렇게까지 해야 할 줄은 몰랐지만. 명심해. 이건 한 번뿐이야. 한 번 더 썼다가는 나로서도 네 혼을 붙잡을 수 없다.]

후우욱!

무언가가 백현의 의식을 끌어당겼다. 한 번. 그렇게 말할 것도 없었다. 이건…… 끔찍한 기분이었다. 만약 한 번 더 할 수 있다고 해도, 다시는 이런 기분을 느끼고 싶지 않았다. 이건 의식을 유지한 죽음이었다.

감각이 돌아온다. 가장 먼저 뜨인 것은 눈이었다. 하지만 시야는 고정되어, 다른 곳을 보려 해도 시야를 바꿀 수 없었다.

백현은 무한히 펼쳐진 무(無)의 세계를 보았다. 점점 그 세계가, 시공간의 틈이 멀어진다

'아.'

무언가가 보였다.

그건, 그림자처럼 보였다. 꿈틀거리는 어둠이…… 사람의 모습을 하고 있었다.

마치 죽은 것처럼 누워, 힘없이 부유하던 그림자와 백현이 스쳤다.

그 순간이었다. 축 늘어져 있던 '머리'가 홱 하고 들리더니 백현을 쳐다보았다.

[빨리.]

그 목소리가 백현의 정신을 뒤흔들었다. 들어본 적이 있는 목소리였다. 예전에 들었던 '목소리'. 아직 자격이 없다고 말하던 목소리였다.

"혁!"

콰당탕!

균형을 잡지 못한 몸이 땅을 뒹군다.

'방금 뭐지?'

잘못 들은 것이 아니다. 분명히 놈을 보았고, 목소리를 들었다. 심연의 왕좌. 왜 놈이 시공간의 틈에 떠 있단 말인가?

[정신 차려!]

아진이 고함을 지른다. 백현은 즉시 허리를 튕겨 일어섰다.

무도의 마왕은 무언가에 혼이 빠진 것처럼 넋을 잃고 서 있었다. 그러다가 뒤늦게 정신을 차리고 고개를 돌려 백현을 쳐다보았다.

백현은 이를 악물고 무도의 마왕에게 달려들었다.

"당신……."

무도의 마왕이 뭐라 말하려 했다. 하지만 그것보다 백현이 덮쳐오는 것이 빨랐다.

온몸을 날리며 던진 주먹이 무도의 마왕을 향해 격발되었다.

촤라락!

아직까지 갈라진 틈새에서 어둠이 뿜어진다. 쓸 수 있는 것은 오른손뿐.

백현은 두 눈을 부릅뜨고서 어둠의 궤적을 보았다.

걷어내고, 걷어내고 또 걷어냈다. 때려 터뜨리고 휘저어 찢었다. 발은 멈추지 않는다. 계속해서 전진, 완전한 심안이 예지처럼 공격의 방향을 알렸다.

쿠웅!

찍어 누른 발이 발아래에서 준동하던 어둠을 모조리 잠재운다. 축이 된 몸뚱이를 비틀어 회전하며 발을 걷어찼다.

어둠이 모조리 흩어졌다. 그제서야 무도의 마왕의 얼굴이 보였다. 그는 무척이나 피로한 모습이었고, 병들어 보였다. 안색은 시체처럼 창백했다. 그럼에도 그는 웃었다.

벽력천겅.

무거운 주먹을 앞으로 쏘아낸다. 무도의 마왕이 한 걸음 뒤로 물러섰다.

예상했던 굉음은 들리지 않았다. 백현은 부릅뜬 눈으로 뻗은 주먹을 바라보았다.

주먹이 나아가지 않는다. 더, 더. 힘을 주어 앞으로 밀어보지만, 주먹을 미동도 하지 않았다.

'저게 뭐지?'

백현은 파르르 눈을 떨며 앞을 보았다.

무도의 마왕의 몸에 열린 틈. 거기서 불쑥 튀어나온 '손'이, 백현의 주먹을 가로막고 있었다. 투명할 정도로 흰 손이었다.

백현은 이를 악물고 주먹을 더 밀어보지만, 무도의 마왕에게서 뻗어져 나온 가냘픈 손은 백현의 주먹을 조금도 앞으로 나아가게 하지 않았다.

"그만."

무도의 마왕이 중얼거렸다. 그는 힘없이 처진 양손을 들어, 제 몸에서 뻗어 나온 팔을 붙잡았다.

"더 이상은 제가 못 버팁니다. 아무래도 여기까지인 것 같습니다."

뚜둑…… 뚜둑.

백현의 주먹을 막고 있는 손가락이 느리게 움직였다.

백현은 즉시 주먹을 빼내려 했지만, 손바닥과 맞닿은 주먹은 마치 접착제로 붙여놓은 것처럼 떨어지지도 않았다.

키이잉!

아진의 신력이 백현의 손을 뒤덮는다. 느리게 움직인 손가락
이 백현의 주먹을 감싸 쥐려다가, 그 신력에 움찔 굳어버렸다.

"……후회하지 않으십니까?"

무도의 마왕이 눈을 들어 백현을 쳐다본다. 그 질문은 백현
에게 향한 것이 아니었다.

"그랬으면 여기 오지도 않았지."

백현은 고개를 돌렸다. 제르올을 만났을 적부터 쭉 백현의
안에 있던 아진이, 육체를 이뤄 서 있었다.

그는 백현과 아직까지 맞닿은 손을 쳐다보며 물었다.

"왜 진작에 쓰지 않은 거냐?"

"아시면서 짓궂게 묻지 말아주십시오. 진작 쓸 수 있었으면 왜
지금 와서 썼겠습니까? 이건…… 마신님의 선심 쓰셔서 내린 보
험일 뿐입니다. 제가 '정말' 죽을 때가 아니고서야 쓸 수 없어요."

"마신은 뭐라고 하고 있지?"

"이 상황에 굉장히 짜증을 내고 계시죠. 하지만 어쩌겠습니
까? 저로서는 마신님의 힘을 온전히 감당할 수 없고, 마신님도
마계를 비울 수 없는 몸. 마신님도 당신 같은 존재가 개입할 것
이라 생각하지 못하셨으니, 하하, 결국 이렇게 되어버린 거죠."

너털웃음을 흘리며 하는 말에 아진은 피식 웃었다.

"봐. 할 일만 하고 갈 테니까."

"절 죽이지 않을 겁니까?"

"네가 막으려 들지 않는다면 말이다. 사실 그럴 능력도 없어. 널 정말 죽이려 든다면 가호가 다시 널 보호할 테니까."

"뚫으려 든다면 뚫으실 수도 있을 텐데. 그래서 사도까지 동원하신 것 아닙니까."

"누굴 병신으로 아나."

아진이 이죽거린다. 그는 아직까지 마신의 손과 맞닿아 있는 백현을 쳐다보더니, 그의 어깨를 잡아당겼다.

그러자 떨어질 생각을 하지 않던 주먹이 손쉽게 마신의 손과 떨어졌다.

"널 죽이면 무슨 일이 벌어질 줄 알고?"

놀리듯 하는 말에 무도의 마왕은 쓴웃음을 지었다. 그는 양손을 들어 올리며 털썩 자리에 주저앉았다.

"그것까지 파악하고 계실 줄이야."

"혹시나 싶어 떠본 것인데, 그리 말하는 것을 보니 뭔가 있긴 하나 보군."

아진은 그렇게 이죽거리며, 아직 얼떨떨한 백현의 어깨를 잡아끌었다.

"……하하! 이거 참…… 혀가 너무 길었나 봅니다."

아진에게 이끌려 가며, 백현은 뒤를 힐긋 돌아보았다. 무도의 마왕이 주저앉아 킬킬 웃고 있었다.

"졌습니다. 정말로요. 그러니 뜻대로 하십시오."

무도의 마왕이 패배를 선언했다.

6장
안녕히

"……무도의 마왕을 죽이면 어떻게 되는 건데요?"

이렇게 싸움이 끝났다는 것이 아직 제대로 실감이 되지 않았다. 다만 몸뚱이가 굉장히 무거웠고, 정신이 어지러웠다.

"감당할 수 없는 일이 일어나겠지."

아진이 중얼거렸다.

"무도의 마왕은 마신에게도 아낄 수밖에 없는 그릇이야. 마왕이야 넘칠 정도로 많아 마계 바깥으로 돌려대고 있지만, 무도의 마왕은 그런 소모품과는 다르지."

소모품.

백현은 흑장미여왕을 떠올렸다. 마계에서 손에 꼽히던 대마왕이었던 그녀지만, 마신이 일방적으로 내린 명령을 거역했다는 이유만으로 마계에서 누리던 영광을 박탈당했다.

흑장미여왕뿐만이 아니다. 마계의 수많은 마왕이 마신의 명령에 따라 타 차원을 정복하기 위해 떠나고, 그 대부분이 정복에 실패해 타 차원에서 죽음을 맞는다.

그런 것을 보면 마왕이라 해도 소모품처럼 취급되는 것이 분명했다.

"무도의 마왕은 마계에서 유일무이한 존재다. 인간 출신의 마왕. 흑마법사가 아무리 발악해 봐야 인간이란 종을 반전시킬 수는 없어. 마왕에 준하는 힘을 얻을 수는 있어도 마왕, 마족이 될 순 없다는 말이지. 다시 태어나지 않고서는 말이야."

아진은 그렇게 중얼거리며 백현을 힐긋 쳐다보았다.

"아까 전. 너는 무도의 마왕을 '정말로' 죽일 수 있었다. 여러모로 운이 좋았지. 내 가호도 있었고. 하지만 네가 정말로 무도의 마왕을 죽이려 했다면, 놈을 보호했던 가호를 걷어내는 것만으로도 대부분의 힘을 소모해야 했을 거다."

백현은 고개를 끄덕거렸다. 대뜸 튀어나와 가로막던 '손'. 자력으로는 벗어나는 것이 불가능했다.

백현은 뒤를 돌아보았다. 파리한 안색으로 주저앉아 있던 무도의 마왕은, 백현과 눈이 마주치자 방긋 웃으며 손을 흔들었다.

처음 보았을 때도 친한 척 굴기는 했지만, 지금이 처음보다 더한 기분이 들었다.

무도의 마왕의 가슴은 여전히 열려 있었고, 하얗고 가냘픈 손도 열려 있는 가슴에서 튀어나와 있었다.

힘없이 아래로 늘어져 있기는 했지만, 맞닿았을 때 느꼈던 끔찍한 불길함은 여전했다.

"문제는 그다음이지. 가호를 벗겨내고 무도의 마왕을 죽였다면, 최악의 경우 마신이 직접 강림했을 거다."

"네?"

"일시적이었겠지만. 하지만 아주 잠깐 강림하는 것으로도 충분하겠지. 마신이 강림한 순간 넌 도망치지도 못하고 죽었을 테고, 나도 뭐…… 난감해졌을 거야. 이곳은 마신의 영지이니 난 제대로 싸울 수 없어. 여기서 죽는다고 해봐야 별 타격은 없겠지만."

백현의 걸음이 멈추었다. 신격조차 우습게 여길 싸움이 벌어졌음에도 문에는 흠집 하나 없었다.

백현은 잠시 그것을 올려보았다.

명계에서 일주일. 드디어 돌아갈 수 있게 되었다. 그 역시 아직은 실감이 제대로 나지 않았다.

백현은 잠시 동안 문을 응시했다.

백현이야 명계에서 고작 일주일을 보낸 것뿐이지만, 그의 세계에서 똑같이 일주일이 흐른 것은 아니다. 싸우는 도중 무도의 마왕이 했던 말이 쭉 가슴 속에 무겁게 남아 있었다.

'일 년간 행방불명……'

헛웃음이 나왔다. 만약 무도의 마왕의 한 말이 사실이라면, 이미 저곳에서는 일 년이나 흘렀다는 말이다.

"거래나 하나 하시렵니까."

불쑥 들린 목소리에 백현은 고개를 돌렸다. 무도의 마왕이 백현을 빤히 보고 있었다.

"……갑자기 거래? 뭔 소리예요?"

"별것 아닙니다. 신경 쓰이고 궁금한 것이 있어서. 서로가 질문을 하나씩 교환하는 겁니다. 거짓말은 하지 말고."

"……뭐가 궁금한데요?"

"아까 전. 당신이 썼던…… 무공? 이라고 해야 할까. 그, 공간을 도약했던 기술 말입니다."

'질풍신뢰를 말하는 건가?'

백현은 갑자기 왜 무도의 마왕이 저런 것을 물어보는지 알 수가 없었다.

"그것을 어디서, 어떻게 배웠는지. 알려주시겠습니까?"

"……왜 그걸 궁금해하는 건데요?"

"제가 그 질문에 대답하면, 당신도 제 질문에 대답해 주시겠습니까?"

"아뇨, 그럼…… 그거 말고. 당신한테 내 정보를 알려준 존재가 누구예요?"

아진에 의해 퓨어세인트라는 답을 듣기는 했지만, 그래도 신경 쓰이는 것은 어쩔 수 없었다.

백현의 질문에 무도의 마왕은 그럴 줄 알았다는 듯이 웃었다.

"정확히 말하면 제가 아니라 마신님한테 전해준 것이죠. 저는 그걸 마신님께 전해 들었을 뿐이고. 누굴 것 같습니까?"

"지금 뭐 하자는 거예요?"

"아, 미안합니다. 저도 모르게 그만. 마신께 당신의 정보를 알린 것은 퓨어세인트입니다."

무도의 마왕이 어깨를 으쓱거리며 대답했다.

백현은 얼떨떨해 눈을 끔벅거렸다.

"내 말은 못 믿겠다 이거냐?"

"아니 그건 아니고요…… 기왕이면 본인한테 직접 듣는 것이 정확하잖아요."

백현은 짐짓 억울하다는 듯이 항변했지만, 아진은 백현을 무시하고서 문을 살펴대기 시작했다.

"이제 당신 차례입니다. 그 기술을 어떻게 배운 겁니까?"

"……마황님에게 배웠는데요."

대체 왜 질풍신뢰를 어떻게 배웠는지를 궁금해하는지 알 수 없었지만, 거래는 거래이니 대답은 해주었다.

하지만 무도의 마왕의 표정이 이상했다. 질문에 대해 솔직하게 답을 해주었는데, 오히려 아쉬움이 역력한 표정이었다.

"……그렇군요. 마황이 있었지. 아무래도 내가 너무 들떴었나 봅니다. 군주와 계약하지도 않았는데 그만한 힘을 가진 당신이라면, 당연히 선계도 염두에 두었어야 했어요."

"왜 이런 걸 물어본 거예요?"

"옛날 생각이 나서요. 마황에게 질풍신뢰를 배웠다면, 당신은 마황의 제자인 겁니까?"

백현은 고개를 살짝 끄덕거렸다. 그러자 무도의 마왕이 큭큭거리며 웃었다.

"이거 참, 기묘한 인연이군요. ……사형을 만난 적이 있습니까?"

"아뇨. 바쁘다는 말만 들었죠."

"언젠가, 사형과 만나게 된다면 안부나 전해주십시오. 내 이름을 말하면 그도 꽤 반가워할 겁니다."

'아마도.'

무도의 마왕은 그렇게 생각하며 큭큭 웃었다.

만약 백현이 마황의 다른 제자에게 질풍신뢰를 배운 것이고, 그 제자가 백현의 세계에 있다면. 그는 어떻게든 수를 써서 백현의 세계로 갔을 것이다.

백현은 뜻 모를 웃음을 흘리는 무도의 마왕을 보며 눈을 찡그렸다. 왠지 저 웃음이 기분 나쁘게 느껴졌다.

"……그런데, 뭐 하고 계세요?"

백현은 아진을 돌아보며 물었다. 그는 아직까지도 신중한 눈을 하고 문을 살펴보고 있었다.

"안 부술 거예요?"

아진의 목적은 문을 부수는 것이었고, 백현의 목적은 저 문을 통해 본래 세계로 돌아가는 것이다.

하지만 아직까지 아진은 문을 부수려 들지 않고 있었다.

"그건 거짓말이다."

손으로 문의 표면을 더듬던 아진이 대답했다. 그 말에 백현의 눈이 커다랗게 떠졌다.

"네?"

"오해하지는 말고. 문을 부수는 것이 거짓말이지, 이걸 통해 네가 돌아갈 수 있는 것은 거짓말이 아니야."

"아니, 왜 그런 거짓말을 한 거예요?"

"네가 무도의 마왕을 넘어 이 문까지 도달하리란 보장이 없었으니까."

아진은 심드렁한 목소리로 대답했다.

"만약 네가 실패해서, 무도의 마왕에게 사로잡힐 때를 경계한 거다. 내 목적을 네가 전부 알고 있는 상황에서 무도의 마왕에게 잡혀 버렸다면, 다시는 기회를 노릴 수 없었을 테니 말이야."

"뭐 그리 사람이 부정적이에요?"

"성공했을 때보다는 실패했을 때의 최악을 상정하는 것이 당연한 거야."

"사람을 뭐로 보고 입을 나불거릴 거라 생각……."

"네 입이 무겁고 가볍고는 중요하지 않아. 네가 아무리 닥치고 있으려 해도, 사로잡기만 한다면 무도의 마왕이 네게 원하는 대답을 들을 방법은 무궁무진할 테니까."

백현은 더는 반발하지 못하고 입술만 뻐끔거렸다. 솔직하게 말해주지 않았다고 해서 원망할 일도 아니기는 했지만, 설마 저런 거짓말을 했으리라고는 상상도 하지 못했다.

"그럼…… 안 부숴요?"

"이 아까운 걸 왜 부수냐."

"안 부수면 어떡하려고요?"

"내가 가질 거다."

아진이 대답했다. 백현이 뭐라 말하기도 전이었다.

잠자코 이야기를 듣고 있던 무도의 마왕이 커다란 소리로 웃음을 터뜨렸다.

"역시, 그게 목적이셨습니까? 왜 당신 같은 분이 직접 나섰나 의아했는데…… 하하! 저 문이라면 그럴 만한 가치가 있죠."

"마신은 뭐라 안 하나?"

"정말 짓궂으시다니까. 솔직히, 이러려고 절 살려두신 것 아닙니까?"

"겸사겸사지. 널 죽여서 무슨 일이 벌어질지도 알 수 없고,

마신의 반응도 알 수 있고."

"하하! 마신님이야 분해 죽으려고 하시죠. 제게 자살을 명령할지 말지 고민 중이십니다. 어떻게든 막으라고도 하시는데, 그것도 능력이 되어야 막을 수 있는 것 아니겠습니까."

무도의 마왕이 낄낄거렸다.

아진은 코웃음을 치며 백현을 돌아보았다.

"넌 이 문에 어떤 가치가 있는지 모르겠지?"

"제가 어떻게 알겠어요. 말을 해주셔야 알지."

"대범한 줄 알았더니 이런 면에서는 속이 좁군. 아직도 삐져 있나?"

"아니, 삐진 게 아니라. 좀 서운한 거지."

"그게 그거 아닌가? 뭐, 그래도 너무 삐져 있지는 마라. 네게 거짓말을 해서…… 미안하지는 않다만. 여태까지 수고해 준 보답으로 네가 알아둬야 할 정보를 알려줄 테니까."

아진은 그렇게 말하면서 다시 고개를 돌려 문을 보았다.

백현은 아진의 표정을 보며 흠칫 어깨를 떨었다. 저 비뚤어진 인간이 저런 표정도 지을 줄 아는구나 싶었다.

그는 흐뭇한 미소를 지으며, 애정이 뚝뚝 떨어지는 눈으로 문을 어루만지고 있었다.

"이건 윤회의 문이다."

아진이 입을 열었다.

"명계에 들어온 모든 혼은, 소멸하거나 지옥에 떨어질 악인이 아니라면 결국에는 윤회해 다시 태어나게 된다. 윤회가 결정된 존재는 마지막에 이 문을 지나고, 그렇게 윤회하지."

"그걸 갖는 것이 그렇게 기쁜 일인가요?"

"쓰기 나름인 거야. 이 문은 전 차원과 연결되어 있다. 전 차원에 윤회한 혼을 보내야 하니까 당연한 거지. 마계가 명계를 노린 이유는 명계란 세계의 이점 가득한 특징 때문이기도 하지만. 가장 큰 이유는 이 윤회의 문을 손에 넣기 위해서다."

"말씀하신 대로입니다. 윤회의 문을 손에 넣는다면. 어찌 변형하고 써먹느냐에 따라 어떤 차원이든 제약 없이 이동할 수 있게 되니까요."

무도의 마왕이 대답했다. 그가 명계를 정복해 손에 넣은 가장 큰 성과를 눈 뜨고 빼앗길 판국이었으나, 그는 오히려 이 상황이 즐거운 듯했다.

"이건 절대신격이라도 못 만든다. 그 어떤 연금술사나 마법사라도 마찬가지야. 이건 '처음부터' 존재했던 물건이니까."

"……아진 님은 이 문을 가지고 어디에 쓰시려고요?"

"그건 차차 생각해 봐야지. 너무 많은 것을 할 수 있게 해주는 문이니까."

아진의 손에서 빛이 흘러나왔다.

쿠구구궁!

거대한 진동과 함께 문이 열리기 시작했다.

"······저어, 처음에 저한테 한 말도 거짓말이에요?"

"뭘 말하는 거냐."

"아진 님 세계의 혼이 명계로 흘러들어 와서······."

"그건 사실이야. 꽤 기분이 나쁘기도 했고. 하지만 고작 그런 이유로 마계에 시비를 거는 것은 미련한 일이지. 하지만 결국 내 생각대로 되었으니, 마계에 시비를 건 것은 사소한 문제일 뿐이다."

아진은 그렇게 말하며 무도의 마왕을 쳐다보았다. 마치 약 올리는 듯한 눈이었다.

기분 탓일지는 모르겠지만, 무도의 마왕에게서 튀어나온 마신의 손이 부들부들 떨리는 것처럼 보였다.

"축하드립니다."

하지만 무도의 마왕은 되려 짝짝 박수까지 쳐대며 아진을 축하해 주었다.

"만약 그 문이 남아 있었다면, 저는 마신님의 명령에 따라 고생해야 했을 겁니다. 침략도 꽤 즐겁기는 하지만, 그것도 한두 번이죠."

"마신한테 고맙다고나 전해라."

아진이 눈을 빙글 휘며 말했다.

아진의 손이 활짝 열린 문으로 향했다. 쏟아져 나온 신력이 문 전체를 뒤덮었다.

"너도 수고했다. 일단 줬던 것부터 돌려받아야겠군."

"……잘 썼습니다."

"아쉽지는 않나 보지?"

"조금은요."

무극도와 진 천마신공, 벽력천굉, 초풍진각. 백현에게 스킬로 새겨졌던 무공들이 그의 머릿속에서 사라져간다.

이 전능한 힘들을 떠나보내는 것이 아쉽지 않다면 거짓말이다. 다만, 백현이 느끼는 아쉬움은 이 신의 무학을 펼쳤음에도 이해하지 못했다는 것에 있었다.

"아진 님은 어쩌시려고요?"

"괜한 걱정은 하지 마. 널 보내고서, 나는 이 문과 함께 내 세상으로 돌아간다. 물론 그전에……."

아진은 백현의 손목을 붙잡았다.

"윤회의 문이라고는 해도, 지나는 것만으로 고향으로 돌아갈 수는 없어. 자칫 하다가는 전혀 다른 세상에서 새로이 태어나게 될 테니 말이야."

"그러면?"

"그래서 내가 남아 있는 거다. 고생해서 내 목적을 이뤄주었으니 정산은 확실히 해줘야지."

돌려보내야 할 이유가 있기도 하고.

아진은 그렇게 중얼거리며 백현의 손을 잡아끌었다. 백현은 저항하지 않고 아진이 잡아끄는 대로 움직였다.

"안녕히 가십시오."

웃음 섞인 배웅을 뒤로하고, 아진과 백현은 활짝 열린 윤회의 문 안으로 들어갔다.

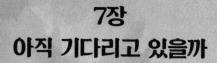

7장
아직 기다리고 있을까

문 안은 구불구불한 길이었다. 뒤를 돌아보았지만, 방금 걸어 들어온 문은 보이지 않았다.

백현은 눈을 깜박거리며 아진을 쳐다보았다.

"좌표는 잡았고."

아진이 중얼거렸다.

그도 윤회의 문 안으로 들어온 것은 처음인지, 제법 신기하다는 듯이 주변을 둘러보고 있었다.

"원래는 이 길을 지나면서 가지고 있던 기억이 소멸되고, 길의 끝에서 다시 태어난다."

"제 기억은 사라지지 않겠죠?"

"안 사라져. 넌 윤회하는 것이 아니니까. 좌표는 잡아두었으니, 길을 끝까지 걸으면 네 세상으로 돌아갈 수 있을 거다."

그 말에 백현의 표정이 밝아졌다. 이제야 되돌아갈 수 있다는 것이 실감이 났다.

백현은 저 너머에 있는 길의 끝을 쳐다보았다.

"서두르고 싶겠지만, 이야기는 듣고 가라."

"네."

도와준 보답이라고 했던가. 아진은 백현에게 도움이 될 만한 정보를 전해준다고 했었다. 그를 떠나서 백현도 아진에게 물어보고 싶은 것이 있었다.

"퓨어세인트에 대한 이야기다."

백현이 묻고 싶었던 것이 바로 그녀에 대한 것이었다. 백현은 조용히 고개를 끄덕거리며 아진을 응시했다.

마신에게 백현에 대한 정보를 알려준 것은 퓨어세인트였다. 백현으로서는 그걸 도저히 이해할 수가 없었다.

퓨어세인트는 마왕이 아니다. 그건 틀림없는 사실이다. 만약 퓨어세인트가 마왕이었다면, 흑장미여왕이 그녀를 알아보지 못했을 리가 없다.

아니, 당장 백현 본인부터가 퓨어세인트와 흑장미여왕 둘을 모두 만나보았다. 무도의 마왕도 만났고, 다른 마족도 만났다.

퓨어세인트는 마족이 아니다. 그녀에게서 느껴지던 기질은 마족이나 마왕과는 판이하게 달랐다.

"맞아. 퓨어세인트는 마족이 아니지. 마왕도 아니고."

스킬을 거두어가긴 했지만, 아직 아진은 백현의 마음을 읽을 수 있었다.

피식 웃는 아진을 향해 백현은 순간 떠오른 의문에 대해 질문했다.

"퓨어세인트는 흑마법사인가요?"

"그럴지도…… 모르지. 하지만 아니라고 본다. 그녀가 흑마법사라면 흑장미여왕이나 악몽의 결정자가 알아보지 못했을 리가 없어."

"그럼 뭐예요?"

"확실한 건 없다. 내가 퓨어세인트에 대해 내릴 수 있는 평가는, '네가' 보고, 들은 것을 내 관점에서 해석해 내리는 것뿐이니까."

아진의 눈썹이 찌푸려졌다.

"퓨어세인트의 힘은 이상해. 흑마법은 아니지만 흑마법과 닮았고, 정작 마기는 사용하지 않는다. 게다가 마신과도 연관이 있고. 추측은 두 가지야. 하나는 퓨어세인트의 힘이 마신과 '특별한' 계약을 맺어 갖게 된 것. 다른 하나는 퓨어세인트의 힘이 마신에게 비롯된 것은 아니지만, 마신과 연관된 것. 어느 쪽이든 귀찮지만, 난 후자라고 생각한다."

"왜요?"

"흑장미여왕."

그 말에 백현의 눈이 동그랗게 떠졌다.

퓨어세인트는 흑장미여왕을 배신했다. 그 결과 흑장미여왕은 혼돈에 침식되어 소멸의 위기를 겪었고, 지금도 조금씩 죽어가고 있었다.

"흑장미여왕이 제게 거짓말을 했다는 건가요?"

"그건 아닐 거야. 둘 사이에 음모가 있었다면 흑장미여왕의 리스크가 너무 커. 그녀는 정말로 죽어가고 있었고, 네가 흑장미여왕과 맺은 계약도 진실했다."

언젠가 퓨어세인트를 죽일 것. 백현이 로즈덤에서 맺은 계약의 내용이다. 그 대가로 백현은 마왕의 인장을 양도받았다.

"퓨어세인트는 의도적으로 흑장미여왕에게 접촉했다. 혼돈의 근원을 다루기 위해서…… 였지. 하지만 퓨어세인트는 실패했고, 흑장미여왕이 혼돈에 침식되었어. 하지만 퓨어세인트의 목적이 그게 전부였을까? 상황이 맞아떨어지긴 했지. 흑장미여왕은 정신적으로 몰려 피폐해져 있었고, 달콤한 말에 꼬드기기 쉬운 상대였다."

그렇게 배신당했다.

"너도 알고 있을 거다. 마신의 '씨앗'. 마신은 식민지 확장에 몰두하고 있고, 마신이 벌이는 타 차원의 침략은 무턱대고 마왕을 보내는 것이 전부가 아니야. 아까 내가 말했지? 추측할 수 있는 건 두 가지라고. 만약 퓨어세인트의 힘이 마신에게 비롯된 것이라면, 그녀가 바로 마신의 씨앗이 개화한 형태라고 생각한다. 하지만 그게 아니라면……."

아진이 걷기 시작했다. 구불구불 이어진 길은 한 걸음씩 나아갈 때마다 길 바깥의 풍경이 조금씩 바뀌었다.

백현은 아진의 말에 귀를 기울이며 풍경을 바라보았다.

그건 백현이 태어난 세계의 풍경이었다. 다양한 세계의 풍경이 영상처럼 스쳐 지나간다.

"흑장미여왕이 마신의 씨앗이었을지도 몰라."

"……네?"

"그녀에게 자각은 없었을 거다. 흑장미여왕은 마신에게 원한을 품고 있어. 그래서야 씨앗의 의미가 없지. 어비스에 온 것이 마신의 명령이었던 것도 아니고. 아마, 단순한 보험이었을 거야. 흑장미여왕이 작정하고 반기를 들었을 때를 위한 보험."

하지만 흑장미여왕은 스스로 마계를 떠났다.

"흑장미여왕이 만약에라도 혼돈의 근원을 취했다면, 마신은 씨앗을 개화시켜 흑장미여왕이 뭐 빠지게 고생해 얻은 모든 것을 빼앗았을 거야. 하지만 흑장미여왕은 혼돈의 근원을 취하지 못했지."

"……퓨어세인트가 흑장미여왕에게 심어진 씨앗을 빼앗았다는 건가요?"

"아마 그럴 거다. 결국, 추측이지만 말이야. 퓨어세인트가 처음부터 흑장미여왕이 씨앗임을 알고서…… 노리지는 않았을 거야. 흑장미여왕을 이용해 혼돈의 근원을 취하려 할 때 알게 되었겠지."

씨앗을 빼앗긴 것이 흑장미여왕에게는 결과적으로 좋은 일 아닌가. 순간 그런 생각이 들었지만, 퓨어세인트가 흑장미여왕을 배신했다는 사실은 변하지 않는다.

"뭐, 나중에 씨앗이 개화해 마신의 꼭두각시가 될 일은 없게 되기는 했지. 정작 본인은 혼돈에 침식돼 언제 죽을지 모르는 처지가 되었지만 말이야."

아진이 이죽거렸다.

"퓨어세인트가 흑장미여왕에게 심어진 마신의 씨앗을 빼앗은 것이라면, 거기서 생각할 수 있는 가정은 너무 많아져. 마신과 퓨어세인트의 관계. 둘은 협력하고 있나? 협력이라면 둘은 서로의 무엇을 돕고 있을까. 아니면 일방적으로 이용하고 있을 뿐인가? 누가 누구를? 그렇지는 않을 거야. 마신은 퓨어세인트에게 정보를 받았으니까. 둘은 아마 협력하고 있다. 그렇다면……"

아진이 백현을 쳐다보았다.

"굉장히 × 같은 상황이지. 본인부터가 대마왕을 찜 쪄 먹을 힘을 가지고 있는데, 거기에 마신의 씨앗을 빼앗아 마신과 커

넥션까지 이뤘어. 나는 퓨어세인트가 역천자보다 위험한 존재라고 본다."

그 말에 백현의 얼굴이 찌푸려진다.

역천자 본인만 하더라도 대체 무슨 일을 벌일지 알 수 없는 폭탄 같은 존재인데, 퓨어세인트가 역천자보다 위험하다니.

"오히려 역천자의 목적은 뚜렷해서 알기 쉽지. 놈은 혼돈의 사도를 자칭하고 있어. 정작 심연의 왕좌가 눈독을 들이는 것은 바로 너인데 말이야. 상황에 따라서 네게는 역천자가 더 상대하기 쉬울 거다. 하지만 퓨어세인트는…… 달라. 그년의 목적은 아직 파악되지 않았고, 거기에 마신까지 더해져 있지."

"뭘 노리는 걸까요?"

"글쎄다. 마신의 성향을 따졌을 때, 그가 퓨어세인트와 거래했을 때…… 받을 만한 대가는 하나뿐이지. 네 세상."

"지구?"

"그래. 퓨어세인트는 네 세상에 그리 관심이 없어 보여. 포교 활동을 해대며 신앙을 모으고 있지만, 그게 정말 어비스에 침식된 네 세상을 구원하기 위해서일 리가 없지. 단순히 신격으로서 힘을 키우기 위한 방법일 뿐이야. 나로서는 퓨어세인트에 대해 아는 것이 적으니 이런 추측밖에 할 수 없다."

추측이라지만 최악의 상황이기는 했다.

백현은 제루올의 마차에서 아진이 했던 말을 떠올렸다. 마계에 정복당한 세계가 대체 어떻게 되는지.

"그러니 경계하도록 해. 내가 널 이렇게 보내주는 것은, 널 퓨어세인트나 마신을 위한 억제력으로 써먹기 위해서야."

"네?"

"마신의 힘이 강해져서 좋을 건 없으니까. 이번에 엿을 먹이기는 했지만, 마신은 × 같은 놈이다. 절대신격 중에서 놈만큼 오래 묵은 놈은 없고, 놈만큼 탐욕적이고 광적인 신념을 가진 놈은 없어."

길의 끝이 다가오고 있었다.

"투신이 아무리 강하다지만 마신과 정면에서 붙게 된다면 필패할 거다. 나도 마찬가지고."

"……어…… 제가 그들을 억제하기 위해서 보낸다고 하셨죠? 만약……."

"굳이 들어야 하나? 널 보내야 할 이유가 없다면 내가 뭐 하러 널 돌려보내겠나?"

괜히 물어봤다.

"네가 그들을 억제하지 못하면 어쩔 수 없는 일이지. 내게 있어서, 넌 단순한 견제구인 거야. 견제구로서 써먹을 수 있으면 좋은 거고, 실패하면 그냥 아웃이지. 거기까지다. 더 이상 네게 힘을 보태줄 생각은 없어. 그럴 수도 없고."

"저도 필요 없거든요."

백현은 삐죽 입술을 내밀며 대답했다. 그 대답에 아진은 피식 웃었다.

어느새 둘은 길의 끝에 와 있었다.

"고생해라."

아진은 더 앞으로 나아가지 않고 말했다. 백현은 어디로 이어졌는지 모를 길의 끝을 잠시 동안 쳐다보았다.

"여기를 지나가면 끝인 거죠?"

"네가 죽었던 곳에서 눈을 뜰 거야. 아, 그전에."

아진이 백현을 향해 손짓했다.

백현이 고개를 갸웃거리며 아진에게 다가가자, 아진은 심드렁한 얼굴로 백현의 왼쪽 어깨를 감싸 쥐었다. 무도의 마왕에게 당한 곳이었다.

"영혼의 상처를 그대로 안고 갔다간 그 상태 그대로 육체가 형성된다. 병신이 된다는 말이지."

사라졌던 왼손의 감각이 돌아왔다.

백현은 눈을 끔벅거리며 아진을 쳐다보았다.

"가, 감사합니다."

"이제 가라."

백현의 상처를 회복시켜 준 뒤, 아진은 손을 휘휘 저으며 백현을 떠밀었다.

백현은 뒷걸음질 치며 어이가 없어 아진을 쳐다보았다.

"아진 님은 아쉽거나 하지 않아요?"

"아쉬울 만큼 긴 인연이 쌓인 것도 아니잖아."

"시간은 짧아도 같이한 일들이 있잖아요."

"서로의 목적을 위해 서로를 이용했을 뿐이지. 그런 것 하나 하나 신경 쓰고 살아가는 인연이 너무 많고 복잡해져."

"어쩜 사람이 이리 삭막할까."

"합리적인 거지. 왜, 정이라도 들었나?"

"들 뻔했는데. 아진 님한테 뒤통수를 너무 많이 맞아서 들던 정이 다 털렸네요."

"없는 말 하기는."

아진이 피식 웃었다.

"단순한 인사로 부족하다면 한마디쯤은 더 해주마."

아진이 불끈 쥔 주먹을 들어 올렸다.

"힘내라."

"……그게 끝이에요?"

"알아서 가라. 나도 갈 테니까."

어이가 없어서 되물었지만, 아진은 더 말할 생각이 없다는 듯이 빙글 몸을 돌려 버렸다.

말만 그런 것이 아니었다. 아진은 백현을 내버려 두고 왔던 길을 되돌아가기 시작했다.

입을 반쯤 벌리고 아진을 쳐다보던 백현은, 급히 외쳤다.

"여러 가지로 감사했습니다!"

이번에도 아진은 대답하지 않았다. 대신, 등 돌려 걸으면서 손을 들어 한 번 흔들었다. 두 번 흔들지도 않았다.

다시 아래로 내려가 휘적휘적 움직이는 팔을 보며, 백현은 헛웃음을 흘렸다.

감동적이지는 않아도 여운 남는 이별을 하게 될 것이라 생각했는데, 이렇게 깔끔하고 건조하게 끝날 줄이야. 덕분에 백현도 큰 미련 없이 등을 돌릴 수 있었다.

감사했다는 말. 진심이었다. 아진과 만나지 못했다면……명계에서 소멸했을 것이다. 어떻게 삼도천을 건너는 것은 성공해도, 오래 버티지 못하고 소멸했으리라.

스킬로서 사용한 무극도와 진 천마신공, 벽력천광, 초풍진각. 그것을 끝내 이해하지 못한 것이 아쉽다. 아진에게 무론적인 조언을 듣지 못했다는 것도.

하지만 그 경험은 분명히 백현에게 남아 있었다. 그것만으로도 대단한 기연이라 할 만했다. 살령을 펼쳐 사용했던 무(武)는 그닥 도움이 되지 않을 경험이었으나, 이번의 경험은 다르다.

백현은 명계에서의 경험이 자신을 더욱 성장시킬 것을 확신했다. 그것만으로도 아진에게 큰 은혜를 입었다. 굳이 무(武)적인 것을 떠나, 여러 가지 조언을 듣기도 했다. 목적의 중요성이나 광기 등. 백현은 그 말을 가슴 깊이 새겼다.

'맞는 말이야.'

백현은 앞을 향해 걸었다.

'덕분에 너무 오래 기다리게 해버렸잖아.'

처음 겪었던 경험. 죽음. 그 모든 것이 양분이 된다. 한 번 경험하고 쓴맛을 보았으니, 한 번 더 똑같은 실수를 반복해서는 안 된다.

백현의 발이 길을 떠났다.

그는 길을 벗어나 아득한 부유감을 느꼈다. 보았던 풍경들이 모조리 백현을 스쳐 지나갔다.

그리운 감각들.

'일 년이나 걸렸어.'

시야가 암전되었다.

'……아직 기다리고 있을까?'

심장이 소리 내며 뛰었다.

백현은 감긴 눈을 천천히 떠보았다.

"언젠가 이런 날이 올 것이라 다들 예상은 했을 거예요. 안 그렇습니까?"

얇은 안경을 콧잔등에 걸친 중년의 남자가 떠들어댄다. 왜

소한 체격에 딱 맞는 정장을 걸친 남자는 안경과 찌푸린 눈매 덕분에 신경질적으로 보였다.

"결국, 백사장의 모래성 같았던 겁니다. 5년, 아니, 6년인가? 그것도 사실은 굉장히 오래 유지되었던 거죠. '잘' 유지되었다고는 결코 할 수 없을 테지만요."

정규 편성된 방송을 밀어버리고 방영 중인 특별 프로그램이다. 저녁 시간의 황금 시간대, 본래는 한창 인기몰이 중인 드라마가 방영되는 시간이다.

하지만 인터넷에는 이 갑작스러운 방송에 대한 불만은 그리 많지 않았다. 그만큼 대중들이 현 사태의 심각성을 인지하고 불안을 느끼고 있기 때문이었다.

"7년 전. 갑자기 나타나서 우리 세계를 엉망으로 만든 어비스. 처음 어비스가 나타났을 때의 끔찍한 혼란은 몇 달 전만 하더라도 뼈아픈 과거로 치부할 수 있었습니다. 하지만 이제는 아니에요. 우리는 현재와 미래를 대비해야 합니다."

갑작스러운 특별 프로그램의 주역으로 초빙되어 떠드는 남자는 예전부터 어비스 전문가이자 비판가로 나름 유명한 인물이다.

하지만 명성보다는 악명이 더 높았다. 전문가를 자칭하는 주제에, 정작 그는 헌터 경험도 없었고 군주와 계약도 하지 않았기 때문이다.

"예, 알고 있습니다. 저에 대한 수많은 비판. 어떻게 모르겠습니까? 욕설 가득한 DM을 매일매일 받아왔는데. 아마 지금 제 SNS를 켜면 또 DM이 가득 와 있을 겁니다."

남자가 마치 농담처럼 말했다. 하지만 그 누구도 웃지 않았다.

불편한 침묵이 오가자 남자가 혼자 웃었다.

"많은 사람이 저에게 말했죠. 헌터 경험도 없고, 군주와 계약도 하지 않았으면서 뭘 안다고 떠드냐면서요. 하하, 그렇기에 훨씬 더 객관적일 수 있는 겁니다. 세상일이라는 것은 무조건 직접 경험해 봐야 아는 것이 아니에요. 무수히 많은 표본과 통계, 팩트! 자, 보세요. 제가 4년 전에 했던 말들. 요즘 한창 떠돌아다니는, 이 김학명의 '예언' 말입니다."

남자가 안경을 손끝으로 올렸다. 그는 얇게 뜬 눈으로 앞에 앉은 패널들을 둘러보았다.

"지금의 체계가 불안정하다는 것은 제가 4년 전부터 누누이 했던 말입니다. 누구나 들어갈 수 있고, 누구나 군주와 계약해 힘을 얻을 수 있는 어비스! 캬, 이 얼마나 달콤한 유혹입니까? 어비스의 출현과 함께 시작된 헌터의 시대에서, 높은 레벨과 강력한 힘을 가진 헌터들은 그야말로 '귀족'이라 할 만했습니다. 자본주의 사회가 '힘'을 최고 가치로 치부하던 원시시대로 회귀한 것과 다름없었죠!"

침묵 속에서 김학명은 힘을 준 목소리로 계속해서 외쳤다.

"대부분의 사람들이 자신도 귀족이 될 수 있으리라 믿었습니다. 어비스는 학벌이나 사회적 지위, 외모 등 그 무엇도 따지지 않았으니까요. 자기가 알지도 못했던 재능과 운, 그것만 있으면 군주와 계약해 막대한 권능을 받을 수 있었어요. 예전에야 '사'자 들어가는 직업을 얻으면 인생 판다고 했지만, 헌터의 시대에서는 다 필요 없었어요."

김학명이 주먹을 불끈 쥐었다.

"물론 그런 꿈을 갖고 어비스에 들어간 대부분의 사람들은 현실이 시궁창이라는 것만 알았습니다. 소수의 사람만 귀족이 되었어요. 그렇게 5년입니다. 귀족은 쭉 귀족이었고 평민은 조금 더 나은 평민, 그보다 못한 노예들이 대부분이었어요. 놀랍게도, 우리는 그 불합리한 피라미드를 당연히 여기면서 5년을 넘게 지냈습니다. 아, 인정할 건 인정해요. 5년 동안 세계는 꽤 평화로웠습니다. 매달 말일마다 몬스터들이 튀어나오기는 했지만, 그래도 큰 문제는 없었습니다. 정확히! 말하자면 쌓여갔던 것뿐이죠."

말도 안 되는 일이에요. 김학명이 고개를 절레절레 저었다.

"안전 불감증이었던 겁니다. 매달 몬스터가 튀어나오는 말도 안 되는 세상에서 살고 있었지만, 우리는 이 세상이 얼마나 위험한지 제대로 알지 못했어요. 귀족들 덕분이죠. 우리는 매달 몬스터가 나온다는 것을 알면서도 헌터들이 그 몬스터들을 잡아줄 것이라 믿어 의심치 않았어요. 매달 얼마나 많은 헌터들이 죽어 나가는지 통계가 딱딱 나오는데도, 겁 없이 어비스에 들어가 헌터가 되는 사람들은 더 많았습니다. 가장 웃기는 게 뭔지 알아요?"

김학명이 손을 들어 움직였다. 그는 아무것도 없는 빈 허공을 가리켰다.

그곳에서야 아무것도 없었지만, TV를 보는 사람들은 김학명이 대체 무엇을 가리키고 있는지 알 수 있었다.

[위험한 헌터들. 누가 인류의 적인가?]

화면 왼쪽 상단에 적힌 이 특별 프로그램의 제목이었다.

"그 위험한 몬스터들을 쳐 죽이던 헌터들을, 무조건적인 아군이라 믿고 있었던 겁니다. 저는 정말 누누이 경고했습니다. 헌터를 '우리' 같은 평범한 사람들과 똑같은 사람이라고 생각하면 안 된다고요. 상식적으로 당연한 일 아닙니까? 몬스터라지만 살아 움직이는 생명이잖아요. 그런 몬스터들을 매일매일 쳐 죽이는 것을 직업으로 삼던 이들이 인격적으로 멀쩡할 리가 있겠어요?"

"그럼. 안 죽이고 뭐 어떻게 해야 했다는 거예요?"

서늘한 목소리가 반문했다. 그 말에 김학명은 고개를 힐끗 돌렸다.

"아, 예, 너무 기분 나빠하지는 마세요. 저는 모든 헌터가 비정상이라고 말하려는 것이 아닙니다. 하지만 일부의⋯⋯ 인격적으로 악한 사람들이 그런 환경에 처하게 되면요. 뭐라고 해야 하나, 중독이라고 해야 하나? 그런 것부터 시작해 PTSD 같은 정신 질환 등, 여러 문제를 겪지 않겠어요?"

더 이상의 반문은 없었다. 김학명에게 설득되었다기보다는, 대답할 가치도 없다는 표정이었다. 어찌 되었든 침묵은 이뤄졌다.

김학명은 의기양양한 표정으로 계속해서 말했다.

"그리고 팩트만 따져 보자고요. '지금' 어떻게 되었습니까? 왜 제가 여기에 있고, 이런 프로그램이 꿀 같은 시간대의 드라마를 밀어버리고 방영 중이겠어요? 그것도 생방송으로 말입니다. 나는 헌터의 위험성에 대해 경고하고, 우리나라는 물론이고 각국 정부에게도 경고했습니다. 헌터와 '관리국'을 보다 확실히 통제해야 한다고요."

"통제가 부족했다는 말씀이십니까?"

MC가 질문했다.

기다렸다는 듯이 김학명이 고개를 끄덕거렸다.

"말해 무엇합니까? 정부는 관리국을 거의 터치하지 않았어요. 오히려 관리국과 귀족들, 아, 사도와 레벨 높은 헌터들의 눈치를 봤죠. 어쩔 수 없는 일이기는 했습니다. 몬스터를 비롯한 다양한 위기 상황에 대처할 수 있는 것은 군대가 아닌 헌터가 되어버렸으니까요. 하지만 적어도, 눈치만 보지 말고 통제하려는 시늉이라도 해야 하지 않습니까?"

"관리국은 나름 헌터를 통제하려 했을 텐데요."

"말씀 참 잘하셨습니다. 통제? 꼴랑 팔찌 하나 달아두고, 위치 추적 정도만 하는 게 통제예요?"

"범법 행위를 일으킨 헌터는……."

"네, 범죄자로 규정짓고 처벌했죠! 하지만 지금 사태를 보세요. 그게 제대로 이뤄지고 있습니까? 관리국은 책임만 회피하다가 해체되었죠. 관리국장을 비롯한 간부들, 관리국의 관계자들은 중 그 일과 관련해 처벌을 받은 사람은 있어요? 정수아 씨, 이런 거 물어봐서 죄송한데. 정수아 씨 아버지는 요즘 뭐 하고 지내십니까?"

"……저, 선생님."

아무래도 생방송 중에 꺼내기에는 민감한 주제였다. MC가 슬며시 입을 열어 김학명을 제지하려 했지만, 그는 계속해서 떠들었다.

"필드 나가서 골프나 치고 있지 않습니까? 아 물론! 비난하려는 것은 아닙니다! 다른 나라 관리국들에 비해서 우리나라 관리국장이나 간부들은 굉장히 청렴했죠. 비리나 뇌물도 없고 말이에요. 그래서 해체 후에도 유유자적 살고 있지 않습니까? 처벌할 수도 없이 말이에요."

"그래서요?"

정수아의 눈이 가늘게 떠졌다.

불려 나와 앉아 있는 자리다. 김학명이 침 튀기며 떠드는 말들은 불쾌하기 짝이 없었지만, 정수아는 감정을 다스렸다. 저 말에 반응해 추한 꼴을 보여 좋을 것은 없었다.

"뭐, 그렇다는 겁니다. 나라고 무조건 관리국이 잘못했다, 이렇게 말하고 싶은 것은 아니에요. 그래서 분명히 말하지 않았습니까? '어쩔 수 없었다'라고."

"예, 그러시겠죠."

정수아가 이죽거리는 투로 대답했다.

김학명은 정수아의 그런 반응이 영 못마땅했다. 그다지 쪼는 재미가 없었기 때문이다. 그렇다고 여기서 더 나아가 원색적인 비난을 쏟아내면, 욕은 자신이 더 처먹을 것이 분명했다.

"……자, 우리가 여기 왜 모였습니까? 현 시국에 대해서, 그리고 앞으로 우리가 어떻게 해야 이 혼란스러운 세계를 살아갈 수 있을까를 시청자분들에게 알리기 위해서 아닙니까?"

김학명은 카메라를 슬쩍 돌아보며 말을 이었다.

"가장 우선해야 할 것은 역시, 헌터들의 제대로 된 통제입니다. 관리국이 해체되고 각 국가의 정부가 헌터들을 직접 통제하고 있기는 하지만, 사실 관리국 시절과 다를 것은 없어요. 주인이 바뀌었다뿐이지 재갈은 그대로란 말입니다."

"재갈?"

정수아가 헛웃음을 흘리며 되물었다. 하지만 김학명은 되려 당당했다.

"왜요. 그게 뭐 문제 되는 말입니까? 아, 틀리긴 했네요. 제 역할도 하지 못하는 재갈이 뭔 의미가 있다고. 안 그렇습니까? 그래서 마타도르가 테러 단체가 되어버린 거죠."

"그건 혈사자와 계약한 헌터들이잖아요?"

"저는 지금 헌터들의 위험성에 대해 말하고 있는 겁니다. 마타도르를 위시해 혈사자와 계약한 헌터들 전원이 테러를 벌이고 있어요. 왜 이런 일이 일어났겠습니까? 진즉에 헌터들을 제대로 통제했다면 저런 사단도 일어나지 않았을 겁니다."

"그래서, 우리가 뭐 놀고 있나요?"

정수아가 쏘아붙였다.

"아까부터 자꾸 헌터들의 위험성에 대해서만 말씀하시는데, 저들이 벌이는 테러를 막고 희생당한 사람들도 헌터였어요. 저도 몇 번이나 테러에 싸웠고."

"그건 굉장히 감사하고 있죠. 재생의 뱀의 사도님."

김학명이 짝짝 박수를 쳤다.

"하지만 그런 노력과 희생이 무조건적인 면죄부가 되어서는 안 된다는 말이에요. 저는 힘없는 시민으로서 여러분 모두에게 부탁드리는 겁니다. 막말로, 당신들이 갑자기 눈 뒤집고 저

같은 시민을 죽이려 든다면, 어떻게 저항하겠습니까?"

"우리가 잠재적 범죄자라는 식으로 말씀하시네요."

"전 모든 사람이 잠재적 범죄자라고 생각합니다. 그를 막기 위해 법과 시설이 있는 거죠. 하지만……. 정수아 님을 막을 법이 어디에 있겠습니까? 당장 일 년 전을 떠올려 보세요."

이학명의 시선이 돌아갔다. 그의 시선이 향한 것은, 맨 처음 서늘한 목소리로 반박했던 여자였다. 그 이후로 그녀는 아무런 말도 하지 않고 이학명만 빤히 보고 있었다.

이학명은 그 새빨간 눈동자를 마주하고 자신도 모르게 꿀꺽 침을 삼켰다.

"……죽은 백현 씨 말입니다. 그가 산토리니에서 돌아와서 했던, 그 역사적인 인터뷰. 정부와 법을 대놓고 무시하며 조롱한……."

"말조심하지 그래요?"

사라가 입을 열었다.

그녀는 꼬고 있던 다리를 내리며 테이블 위에 손을 들어 올렸다. MC가 숨을 삼켰고, 정수아가 급히 손을 뻗어 사라의 어깨를 붙잡았다.

김학명은 바로 말하지 못하고 입술을 뻐끔거렸다.

"……제가 틀린 말을 한 건 아니잖습니까? 백현 씨야말로 관리국이 헌터를 온전히 통제하지 못했다는 증거였습니다. 백현 씨가 죽어서……."

"말조심하라고 했죠?"

"잠깐, 언니⋯⋯!"

정수아가 당황해 외쳤다.

콰득!

사라가 손을 올리고 있던 테이블 귀퉁이가 얼어붙고 박살 났다. 서늘한 냉기가 스튜디오를 휘감았다.

"아니⋯⋯ 무슨 말을 조심하라는⋯⋯."

"안 죽은 사람을 자꾸 죽었다, 죽었다고 말하고 있잖아."

사라가 짜증 가득한 목소리로 내뱉었다.

김학명은 얼떨떨한 표정을 지으며 눈을 끔벅거렸다. 그러다가, 그는 획 하고 고개를 돌려 카메라를 가리켰다.

"여러분, 보고 계십니까? 지금 이 상황이야말로 제 주장이 사실이라는 증거 아니겠습니까?"

"얼씨구."

사라가 코웃음을 쳤다.

김학명은 쉬지 않고 떠들었다.

"자기 기분이 상했다는 이유만으로 가하는 핍박! 이래서야 몬스터와 다를 것이 뭐가 있습니까? 그러니까⋯⋯."

"나 계속 여기 있어야 돼?"

김학명의 말을 무시하고, 사라는 정수아를 쳐다보며 물었다. 일단 불러서 오기는 했는데, 괜히 왔다는 생각뿐이었다.

'아니면 뭔가 다른 기대를 했던가.'

사라는 옆머리를 손가락으로 꼬며 눈썹을 찡그렸다.

만약에, 녀석이 세상 어딘가에 있어서. TV를 보고 찾아온 다든가…….

'말도 안 되지.'

스스로 생각하기에도 우습기 짝이 없는 망상이다. 만약 정말 살아 있다면, TV를 보고 찾아올 것도 없이 진작 왔을 테니까.

사라는 피식거리며 웃었다.

김학명은 여전히 떠들고 있었다.

"불감증이 문제인 겁니다. 일반인에게 있어서 몬스터와 헌터는 똑같이 위험해요! 그들이 언제까지고 우리의 아군이란 보장이 어디에 있습니까? 그러니까……."

나불거리던 입술이 뚝 멈췄다. 그는 눈을 멀뚱히 뜨고서 테이블 위를 쳐다보았다.

김학명뿐만이 아니었다. 스튜디오에 앉은 모두가. 화면 밖의 촬영팀 전원, 그리고 TV를 보고 있던 사람들까지. 다들 눈을 동그랗게 뜨고, 입술만 멍청히 벌렸다.

"타이밍이 좀 그렇네."

테이블 위에 선 백현은 주변을 쓱 둘러보며 중얼거렸다. 그는 뜨악하니 입을 벌린 정수아와 휘둥그레 눈을 뜨고 있는 사라를 쳐다보았다.

백현은 어색한 웃음을 지으며 뒤통수를 긁적거렸다.

"전화는 왜 안 받아?"

백현은 테이블을 걸으며 물었다.

생방송이랍시고 무음 모드로 설정해 둔 핸드폰을 탓해야 할까. 아니, 그전에.

사라는 아무 말도 하지 않고 백현의 품에 뛰어들었다.

백현은 사라를 밀어내지 않고, 몇 걸음 물러서서 받아주었다.

백현에게는 고작 일주일이지만, 사라에게는 일 년이었다. 그런데도 백현은 사라와 '오랜만'에 만나는 것이라 체감할 수 있었다.

그녀는 키가 조금 자란 것 같았고, 머리카락도 더 길어졌다. 폐인처럼 지내고 있지 않을까 내심 걱정했는데, 직접 보니 괜한 걱정이었던 듯했다.

본판이 본판인지라 화장하지 않은 민얼굴도 예뻤는데, 지금은 TV에 나온다고 신경을 쓴 것인지 엷게나마 화장도 했다.

'향수인가?'

턱 언저리에 닿는 사라의 정수리를 힐긋 내려다보았다. 격한 스트레스가 탈모의 원인 중 하나라는 것은 머리털 풍성한 백현도 알고 있는 일반 상식이다. 다행히 사라의 정수리는 여전히 머리카락이 수북했다. 그리고, 좋은 향기가 났다.

'체취일까?'

백현은 자신도 모르게 코를 킁킁거렸다. 사라와 꽤 오랫동안 함께 지냈는데, 그녀의 체취가 어땠는지 잘 기억이 나지 않는다. 시큼함과는 전혀 다른 상큼한, 과일 향이 났다.

"……뭐 하는 거야?"

백현의 가슴에 얼굴을 묻고 있던 사라가 입술을 웅얼거린다.

아직도 코를 킁킁거리며 사라에게서 나는 향기가 체취인지 향수인지를 고민하고 있던 백현은, 별생각 없이 대답해 주었다.

"냄새 나서."

그 말에 사라의 어깨가 움찔 굳는다.

대뜸 사라가 안긴 탓에 타이밍을 놓쳐, 엉거주춤 서 있던 정수아가 긴 탄식을 흘렸다.

그렇게 대놓고 드러내지는 않았지만, 스튜디오의 전원이 백현의 말에 제각각의 표정을 지었다.

"……냄새?"

사라가 고개를 든다. 눈물을 쏟아내기 직전의, 물기 가득 찬 눈이 살기를 띠었다.

백현은 그 시선을 내려 보면서도 자신의 말실수를 깨닫지 못했다. 다만, 자신이 일 년이나 늦어버렸기 때문에 사라가 살기를 내비친다고 생각했을 뿐이다.

"응. 좋은 냄새."

이어 뱉은 말에 사라의 눈이 파르르 떨린다. 살기가 눈 녹듯이 사라졌다.

방금 전까지 스튜디오는 사라가 일으킨 냉기로 인해 겨울 한복판 거리처럼 싸늘했으나, 어느새 감돌던 냉기가 살랑살랑 부는 봄바람처럼 훈훈하게 바뀌었다.

정수아를 비롯한 패널들도 고개를 끄덕거리며 백현의 수습에 만족했다.

"그래서. 핸드폰은 왜 안 받아?"

"……방송 도중에 전화벨 울리면 안 된다고 해서."

"아, 맞아. 방송 중이었지."

사라의 중얼거림에 백현은 뒤늦게 카메라를 의식하며 고개를 끄덕거렸다.

사라는 백현의 품에 안겨 떨어지려 들지 않았고, 백현도 굳이 사라를 밀어내지 않았다. 그는 여전히 코를 킁킁거리며 물었다.

"향수 뿌렸어?"

"응."

"이거 무슨 냄새야? 과일 냄새 같기는 한데, 뭔지 잘 모르겠네."

"나도 몰라. 쟤가 뿌려준 거니까."

사라가 정수아를 가리키며 말했다.

엉거주춤 서 있던 정수아는, 사라가 자신을 지목하자 급히 자세를 바로 해 제대로 섰다.

내심 서운하기도 했다. 아무리 사라가 있다지만, 따지고 보면 백현과 정말 오랜만에 만나는 것은 정수아였다. 하지만 이 래서야 찬밥 신세 아닌가.

"오랜만이야."

하지만 그 서운함도, 백현이 방긋 웃으며 말을 걸자 물로 씻은 듯 사라져 버린다.

정수아는 코를 훌쩍거리며 고개를 끄덕거렸다.

"……지금 뭐 하자는 거예요?"

입을 벌리고서 백현을 쳐다보던 김학명이 뒤늦게 정신을 차렸다. 그는 몇 번의 헛기침으로 자신에게 카메라를 모은 뒤에, 따지는 목소리로 물었다.

"갑자기 뭡니까? 지금 방송 중인 건 알아요?"

백현은 김학명을 쳐다보았다. 어디서 본 것 같기는 한데, 기억이 잘 나지 않았다.

"누구세요?"

"……누구냐고? 저 모릅니까? 백현 씨가 산토리니에서 막 귀국했을 때, 백현 씨 주제로 칼럼도 썼는데요?"

"그게 한 둘이어야죠."

"한 명에게 휘둘리는 대한민국, 그는 사람인가, 괴물인가? 이거 몰라요?"

"몰라요."

그런 내용의 칼럼이 한 둘이었던 것도 아니고.

백현은 투덜거리면서 사라의 등허리를 툭툭 두들겼다.

그녀는 아직도 백현의 품에 안겨 있었다. 슬쩍 어깨를 움직여 밀어내려 하자, 사라가 고개를 도리도리 저으며 백현의 품으로 더 파고들었다.

"……언제까지 그러고 있을 겁니까?"

"얘 데리고 집에 가도 되나요?"

"그게 될 리가……!"

김학명이 침을 튀기며 외쳤다.

"저…… 백현 씨? 일단 이렇게 되신 거, 나눌 이야기도 많으실 텐데…… 어떻습니까? 가볍게 대화라도 좀."

PD의 손짓에 따라 MC가 슬쩍 말을 걸었다.

이미 방송 사고다. 본래는 더 방송이 불가능하겠지만, 영상은 끊이지 않고 나가고 있다. 시말서야 나중에 쓰면 되는 것이다. 백현의 귀환은 결코 놓칠 수 없는 대박 소재였다.

"대화요? 생방송이라면서요."

"네, 그렇죠. 괜찮으시다면 말입니다."

1년 동안 무슨 일이 있었는지 듣고도 싶었고, 딱히 거절할 만한 이야기도 아니었다. 게다가 방송에 나온다면 굳이 연락하고 다닐 것도 없이 다들 백현이 돌아온 것을 알게 될 것이다.

백현이 고개를 끄덕거리자, 재빠르게 다가온 관계자가 마이

크를 달아주었다.

백현은 떨어지지 않는 사라를 매달고서 테이블을 내려왔다.

급히 가져다 놓은 자리에 앉고 나서야, 품에 안겨 꼼지락대던 사라가 백현의 옆자리에 앉았다.

그 뒤에 주변을 둘러보았다. MC로 앉아 있는 남자는 백현도 알고 있는 얼굴이었다. 예능류가 아닌 꽤 묵직한 분위기의 헌터 관련 프로그램에서 MC로 자주 나오는 아저씨다.

누군지 모를 김학명과 사라와 정수아. 그 외에도 몇 명이 있기는 했지만, 아무래도 구색 맞추기의 들러리인 듯싶었다.

"갑작스레 방송에 참여해 주셔서 감사합니다, 백현 씨. 아무래도 첫 번째 질문으로는 이것밖에 없겠죠. 방송을 보시는 분들이나 여기 있는 분들 모두가 궁금해할 겁니다."

"일 년 동안 뭐 했냐고요?"

그것 외에 물어볼 것도 없겠지.

백현은 시큰둥한 표정으로 말을 받았다.

"죽어 있었어요."

"……예?"

"죽어 있었다고요. 일주일…… 아니, 일 년이었죠? 어쨌든 진짜로 죽었었고, 다시 살아났는데 일 년이나 흘렀지 뭐예요?"

백현으로서는 거짓말을 하지 않고 솔직하게 한 대답이었다. 하지만 MC나 김학명은 백현의 말을 진실이라 받아들이는 표정이 아니었다.

"그…… 예. 방송에서 공개하실 수 없는 내용인 겁니까?"

"아뇨? 그런 건 아닌데요."

"혹시 어떠한 비밀 임무와 관련된 겁니까?"

MC가 은근히 낮춘 목소리로 물었다. 아무래도 멋대로 상상의 나래를 펼쳐 자기만의 음모론을 떠올린 모양이다.

"아무렇게나 생각하세요."

일일이 말해주는 것도 입 아프고, 그럴 마음도 없었다.

물론 사라와 정수아는 백현의 말이 거짓이 아님을 알았다.

사라는 얇게 뜬 눈으로 백현을 쏘아보았다. 백현은 옆에서 째려보는 시선을 애써 무시하면서 입을 열었다.

"어쨌든, 저는 1년 동안 대체 무슨 일이 벌어진 건지 하나도 모르거든요. 여기 오면서 대충 듣기는 했는데."

그렇다지만 영 믿음이 가지 않았다. 관리국이 해체되고, 혈사자와 계약한 헌터들이 무분별한 테러 활동을 벌이고 있다니!

그중 백현이 가장 믿을 수 없는 것은 혈사자와 계약한 헌터들의 테러 활동이었다.

"모른다고? 그게 말이 된다고 생각해요? 일 년 동안 그 난리가 났는데?"

"모를 수도 있죠. 말했잖아요, 저 죽어 있었다니까요."

"그걸 말이라고……!"

"자, 자. 선생님, 진정하시죠."

김학명의 얼굴이 벌겋게 달아오르기 전에 MC가 끼어들었다.

"일 년 전입니다. 백현 씨가 행방불명되었던 시기와 비슷하죠. 그러니까, 백현 씨가 제주도 인근 바다에서 몬스터와 싸우고……. 갑자기 화천 어비스로 뛰어들었던 그때 말입니다."

그 말이 나오자, 잠자코 있던 사라가 갑자기 백현의 허벅지를 꼬집었다. 아프진 않았지만, 괜히 찔끔해 사라의 눈치를 보았다.

"그렇게 행방불명되시고, 얼마 지나지 않아서였죠. 혈사자와 계약한 헌터들이 갑자기 날뛰기 시작했습니다."

"그걸 모른다니, 말이 안 돼."

김학명이 내뱉었다.

"도시 한복판에서 사람을 해치고, 건물을 때려 부수고! 어비스에서도 그랬지. 판데모니엄의 레벨 낮은 헌터들을 사냥하고……."

"예, 그렇죠. 정말 심각한 것은, 그들의 테러가 아직도 진행 중이라는 겁니다."

MC가 목소리를 낮게 깔았다.

"혈사자의 사도인 카르파고 씨도 행방불명되었고, 그가 이끌던 길드인 마타도르의 헌터들도 행적이 묘연합니다. 하지만 갑자기 테러를 시작한 혈사자와 계약한 헌터들은, 자기들을 마타도르라 칭하면서 끔찍한 일들을 벌였습니다."

"아직도 진행 중이라고요?"

"예. 물론 대도시나 선진국에서의 테러 활동은 대부분이 수습되었죠. 당장 우리나라만 해도 혈사자와 계약한 헌터 중에 뚜렷한 범죄 행위를 저지르지 않은 헌터들을 강압적으로 관리하고 있습니다."

"도시에서의 테러를 막는다고 완전한 예방이라 할 수 있겠어요? 당장 후진국들만 해도 관리가 전혀 안 되고 있어요. 죄다 감방에 처넣어도 모자랄 텐데."

김학명이 침을 튀기며 투덜거렸다.

백현은 그들의 말을 들으며 생각에 잠겼다. 도대체 무슨 일이 벌어진 것인지 알 수가 없었다.

혈사자는 죽었다. 그건 틀림없는 사실이었다. 백현은 끝내 혈사자를 진정으로 이기지 못했고, 혈사자는 그것에 만족하며 소멸되었다. 설마 그 소멸조차 거짓이었다고?

'그럴 리가 없어.'

만족하며 소멸하던 혈사자의 모습이 거짓이라 생각되지는 않는다.

게다가, 혈사자를 소멸시키던 때에 백현은 살령을 통해 인과율을 개변했다. 백현이 바라는 것은 혈사자의 소멸이었고, 만약 혈사자가 소멸하지 않았다면 인과율은 결국 바뀌지 않은 것이니 백현이 알아차리지 못할 리가 없었다.

그리고 혈사자의 신격. 인과율의 후폭풍에 밀려나기는 했지만, 백현은 혈사자를 죽여 그의 신격을 손에 넣을 수 있었다. 정상적인 상태였더라면 백현이 혈사자를 대신해 무한전의 주인이 되고, 혈사자와 계약한 수많은 헌터들의 군주가 되었을 것이다.

하지만 신격은 후폭풍에 의해 튕겨 나가 버렸다. 그렇게 되면, 혈사자와 계약한 헌터들은 가진 권능과 힘을 모조리 상실해야만 했다.

"백현 씨."

침묵하는 백현을 향해, 김학명이 눈을 부라렸다.

"솔직히 말해봅시다. 혹시 백현 씨가 이 일에 관계된 것 아닙니까?"

"왜 그렇게 생각해요?"

내심 뜨끔했다.

관계되었냐고? 당연히 그랬다. 혈사자를 죽인 장본인이 바로 백현이었으니까.

"시기가 참 묘하게 맞아떨어진단 말이죠. 백현 씨가 행방불명되고, 혈사자와 계약한 헌터들이 날뛰기 시작한 시기가 말이에요. 카르파고와 그의 길드원들이 행방불명된 시기도 비슷하고."

"그래서요?"

"게다가 백현 씨는 관리국과 밀접한 관계를 맺고 있었죠? 관리국이 백현 씨에게 아주 많은 편의를 보장해 주었던데. 정작 관리국장이었던 전태수 씨는 백현 씨에 대해 아무 말도 하지 않았지만, 알 사람은 다 압니다. 관리국장실에 백현 씨가 자주 출입했다는 것을 본 사람이 몇인 줄 알아요?"

그 말에 백현은 내심 감동하고 말았다.

그 말인즉슨, 전태수는 백현과의 공적이나 사적인 모든 것들을 함구했다는 것 아닌가?

만약 전태수가 모든 것을 털어놓았다면 꽤 난감해졌을 것이다. 사라의 신분 위조도 있고, 박준환의 죽음이나 콜롬비아에서의 살인 등. 밝혀지면 좋지 않을 것들이 한두 가지가 아니었다.

"헌터가 관리국장 자주 만나는 게 뭐 이상한 일이에요?"

"어떤 헌터가 관리국장 사무실을 제집처럼 드나듭니까?"

"보통 헌터라면 못 그럴 텐데, 제가 보통 헌터는 아니었잖아요."

백현은 그렇게 대답하면서 오히려 김학명이 웃기지도 않는 것을 묻는다는 시선을 보내주었다.

"……보통 헌터는 아니었죠."

정수아가 고개를 끄덕거리며 동조했다.

말은 안 했지만, MC도 납득한다는 얼굴이었다.

"바로 그겁니다! 백현 씨는 보통 헌터가 아니었어요!"

김학명이 다시 침을 튀겼다.

"백현 씨는 일반적인 헌터들과 너무나도 달랐죠! 그러니까 의심이 들 수밖에 없는 것 아닙니까?"

"대체 뭔 의심이요?"

"최근 일 년 동안 일어난 일들의 배후에 백현 씨가 깊이 관여하고 있다는 의심 말입니다. 상황들도 딱딱 들어맞고, 백현 씨의 말도 안 되는 강함이나……."

"저기, 제가 정말 궁금해서 그러는데요. 이거 제 청문회인가요?"

그렇게 물어보자 김학명의 눈썹이 꿈틀거린다.

"저, 선생님. 너무 주제에 벗어난 말은 자제해 주심이……."

"주제에 벗어난 적 없습니다. 우리는 지금, 헌터의 위험성에 대해 얘기하는 중이에요. 그리고 백현 씨야말로 가장 위험한 헌터라고 할 수 있지 않습니까?"

"제가 왜요?"

"그걸 몰라서 물어봅니까? 백현 씨가 하려 들면 못 하는 것이 어디 있겠어요? 당장 저기 저, 미국 백악관. 백현 씨가 마음만 먹으면 거기 들어가서 대통령 목을……."

"선생님!"

아무리 예시라지만 해도 될 말이 있고 안 될 말이 있는 법이다. 김학명도 아차 싶었는지 냉큼 입을 다물었다.

"제가 그런 짓을 왜 해요?"

"……말이 그렇다는 겁니다."

"여기 계속 있어야 하나?"

백현은 눈을 찡그리며 투덜거렸다.

1년간 뭐 일이 있었는지두 대충 듣기두 했으니, 더 있을 필요도 없을 것 같았다. 게다가 옆에서 자꾸 사라가 눈치를 준다. 정수아도 마찬가지였다.

"그래서 아저씨. 결론이 뭐에요?"

"……백현 씨는 통제를 받아야 한다는 겁니다."

답은 이미 김학명의 머릿속에서 정해져 있었다.

그는 백현을 손가락으로 가리키며 말했다.

"백현 씨도 언제 혈사자와 계약한 헌터들처럼 날뛸지 모르는 일이잖습니까. 너무 기분 나쁘게 듣지는 마시고. 원래 맹견은 입마개랑 목줄이 기본……."

"전 개 아닌데."

"예시잖아요, 예시."

"예시 참 기분 나쁘게 하시네. 아까부터 사람 추궁하고 갈구고. 1년 만에 돌아왔는데 환영은 못 해줄망정."

백현은 눈썹을 찡그리며 투덜거렸다.

MC와 패널들이 슬금슬금 눈치를 본다. 자극적인 내용 덕에 시청률은 하늘로 치솟고 있지만, 그들은 저기 앉은 것이 대체 어떤 존재인지 뒤늦게 깨달아가고 있었다.

"기분 나쁘게 듣지 마세요. 힘없는 사람들이 헌터를 몬스터만큼 두려워하는 세상입니다. 그러니 백현 씨가 솔선수범해서……."

"어떻게 통제받아야 하는 건지나 말해봐요."

"……여러 가지 방법이 있겠죠. 아티펙트나 뭐 그런, 구속구를 차고 다니시거나."

"그리고요?"

"……정부와 국민들이 바랄 때 그 힘을 쓰셔야죠."

"필요할 때마다 꺼내 쓰시겠다?"

"사람들의 안전을 위해 어쩔 수 없잖습니까. 그리고 생각해 보면 굉장히 명예로운 자리잖아요? 이 대한민국의 모든 사람이 백현 씨의 힘에 기대는……."

"누가 보면 예전에는 안 그랬는지 알겠네. 산토리니까지 가서 천존 잡고, 제주도에서 검무…… 아니, 몬스터도 잡아준 사람이 누군데."

"공치사를 하고 싶으시다면……."

"어휴."

김학명의 말이 끝나기도 전에, 백현은 큰 소리로 한숨을 내쉬었다.

김학명의 눈이 찡그려졌다.

"왜 한숨입니까?"

"고민이 있어서요."

"갑자기 무슨 고민?"

"여기서 아저씨를 한 대 때릴지 말지에 대한 고민요."

중얼거리는 말에 김학명의 입술이 뻐끔거린다.

백현우 삐딱하니 고개를 기울였다.

"산토리니에서 돌아왔을 때. 제가 했던 인터뷰 아시죠?"

"……알죠."

"진짜 삐질 것 같네요."

"이건 어디까지나 제 개인적 의견……."

"그래서 저도 말했잖아요. 개인적으로 아저씨를 때릴지 말지 고민하고 있다고."

사라가 키득키득 웃는다. 정수아도 표정을 꽉 잡고서 웃음을 참았다. 김학명만이 안색이 하얗게 질려 백현을 쳐다보고 있었다.

"아저씨는 제가 어떻게 하는 게 좋을 것 같아요? 통제 그런 얘기가 아니라, 제 개인적인 고민에 대해서."

"……그, 그 말은 굉장히 위험한 말이에요. 저는 헌터도 아닌 일반적인 시민이고, 지금 생방송으로 전역에……."

"제가 연예인도 아니고 그런 걸 왜 신경 쓰겠어요? 남들이야 이미지 챙기겠지만 난 챙길 이미지도 없는걸. 그리고 아저씨도 말했잖아요. 헌터는 위험하다고."

백현의 손이 테이블 위로 올라간다.

김학명은 꼴깍 침을 삼키며 백현의 손을 바라보았다.

그리고 대뜸 백현이 몸을 일으키자, 김학명은 끄악 비명을 지르며 의자와 함께 뒤로 나뒹굴었다.

"……뭐 하세요?"

"포, 폭력! 지금 절 협박했……."

"예를 든 거예요."

백현은 고개를 가로저으며 말했다.

"아저씨 한 대 때려봐야 재미도 없을 것 같고, 아니, 기분은 좀 풀릴 것 같기는 한데. 그렇다고 진짜 한 대 때릴 만큼 제가 싸가지 없는 놈은 아니라서."

백현은 고개를 돌려 MC를 쳐다보았다. MC는 이 상황을 어떻게 해야 할지 몰라 PD와 바쁘게 시선을 교환하고 있었다.

"이제 가도 되죠?"

"자, 잠시만요. 아직 방송이……."

"저 출연료 줄 거예요?"

백현이 고개를 갸웃거리며 물었다.

"아마 전 세계 헌터 중 제 몸값이 가장 비쌀 텐데. 감당할 수 있겠어요?"

"그건……."

백현은 말을 잇지 못하는 MC를 두고서, 사라와 정수아를 쳐다보았다.

"나 배고픈데, 너희는 배 안 고파?"

코끝에 지린내가 스친다.

백현은 슬쩍 김학명을 쳐다보았다. 아직 바닥에 엉덩이를 대고 있는 그는, 백현과 시선이 마주치자 급히 다리를 오므렸다.

[말 안 할 테니까 걱정 마세요.]

머릿속에 들리는 전음에 김학명의 몸이 움찔 떨린다. 백현은 그를 향해 한쪽 눈을 찡긋했다.

자리에서 일어난 사라와 정수아가 김학명을 힐긋 쳐다보았다. 백현은 입술에 검지를 대고, 둘을 향해 히죽 웃었다.

"밥 먹으러 가자."

명계에서는 아무것도 먹지 못해도 배고픈 줄 몰랐는데, 지금은 아까부터 뱃속이 요동치며 밥을 달라 아우성거리고 있었다.

불판 위에서 소고기가 지글지글 익는다.

정수아는 손수 집게를 들었고, 사라는 자기 손보다 크게 쥔 쌈을 백현의 입안에 욱여넣었다.

백현은 넣는 족족 잘만 받아먹었다. 보는 입장에서는 고기를 씹는 것인지 마시는 것인지 분간이 안 될 정도였다.

"……맛있어?"

백현은 입안 가득 찬 쌈을 바쁘게 씹어 삼키면서 고개를 끄덕거렸다.

열심히 받아먹고는 있지만, 백현은 꾸준히 사라의 눈치를 보고 있었다. 가시방석이라 할 정도는 아니었지만 영 거북하고 어색하기도 했다.

백현이 상상했던 사라의 반응은 이런 것이 아니었다.

이전에 몇 달 동안 선계에 다녀왔을 때, 사라의 태도가 어땠던가? 대놓고 화를 내지는 않았지만 집을 개판 내놓으며 분명한 시위를 했었다. 그리고 은연중 태도로 서운함을 강력히 어필하기도 했다.

하지만 지금은 아니다. 방송국 오기 전에 집도 들렀었지만, 집은 청결하기 그지없었다. 특히 백현의 방은 먼지 하나 찾아볼 수 없을 만큼 깨끗이 관리되어 있었다.

'하긴, 일 년이나 지저분하게 살 수는 없는 노릇이니까……아니, 그걸 감안해도 이건 너무…….'

"더 먹어."

사라가 다시 쌈을 들이민다. 백현은 입을 크게 벌려 사라가 싸준 쌈을 받아먹었다.

언짢다면 쌈 안에 마늘이나 고추 따위를 잔뜩 넣을 만도 한데, 사라가 싸준 쌈은 밸런스적으로도 완벽했다.

너무 크다는 것이 흠이긴 했지만, 이쪽을 쳐다보는 눈을 보고 있으면 골탕 먹이기 위해 쌈을 크게 주는 것은 아닌 것 같았다.

'왠지…… 왠지…….'

고아 출신에 군대도 다녀오지 않은 입장이기는 했지만, 신병 휴가를 나와 부모님을 만나고, 같이 밥을 먹으면 이런 분위기가 아닐까.

"왜 그래?"

새로 쌈을 싸던 사라가 고개를 갸웃거렸다.

백현은 씹던 것을 꿀꺽 삼키고서 사라를 쳐다보았다. 기계처럼 고기를 굽던 정수아도 드디어 집게질을 멈췄다.

"……그, 물어보고 싶은 것이나. 그런 거 없어?"

슬며시 말을 꺼내 물었다. 그러자 두 눈을 깜박거리며 백현을 보던 사라가 고개를 갸웃거린다.

"죽었다가 살아난 거라며?"

"어, 어……."

"그런데 뭘 더 물어봐? 일 년 동안 죽어 있었다는 사람한테."

다시 쌈이 밀어진다. 백현은 사라의 눈치를 보며 입을 열었다.

"늦게나마 돌아올 수 있다고 말했으면서. 설마 진짜 죽어 있었을 줄 내가 상상이나 했겠어?"

"커흡."

목구멍이 턱하고 막힌다. 아직 삼키지도 않았는데 도저히 씹던 것을 목구멍 안쪽으로 넘길 수가 없었다.

신병 휴가와 부모님이라는 상상이 저 멀리 가 사라졌다. 저 건 단순히 삐진 것뿐이었다. 그것도 여태까지 겪었던 삐짐과는 비교할 수 없이 강력하게.

"그게 나도 진짜 죽을 거라고는……."

"살아났으면 됐지. 살아나지 못했으면 난 그것도 모르고 쭉 너 언제 돌아오나, 왜 이리 늦게 오는 걸까 기다리고 있었겠지만."

"그러니까……"

"오빠, 그냥 미안하다고 해요."

정수아가 슬며시 목소리를 내서 조언해 주었다.

백현은 어떻게든 변명하겠다는 마음을 고이 접었다.

"미안해."

사과 말고는 답이 없는 상황이었다. 사라의 폭주를 막기 위해서 라지만 거짓말은 결국 거짓말이다. 게다가 일 년이나 늦어버렸다.

"괜찮아."

사라가 입술을 삐죽 내밀었다. 서운하고, 화도 나고, 여러 가지로 감정이 복잡했다.

도원경에서 살았던 시절이나 고향에서 살았던 시간에 비하자 면 일 년은 분명 짧은 시간이었다. 그럴 텐데, 참 길게 느껴졌다.

"돌아왔으니까 됐어."

여러 가지 감정 중에서도 분명한 것은 기쁨과 안도감이었 다. 결국, 돌아와 주었다는 것. 한 번 죽었다가 살아났기는 해 도, 겉으로 보기에는 다친 곳 없이 멀쩡해 보였다.

"화해해서 잘됐네요."

정수아가 건조한 목소리로 중얼거렸다.

왜 내가 눈치를 봐야 하는 건지. 정수아는 치미는 한숨을 꾹 눌러 참았다.

백현은 홱 고개를 돌려 정수아를 쳐다보았다.

"너는 잘 지냈어?"

"저야 뭐 잘…… 아니, 잘 지내지는 못했죠. 오빠가 없는 일 년 동안 세상이 워낙 개판이 되어버려서요. 오빠 때문은 아니 겠지만요."

"어쩌면 나 때문일지도 모르는데."

백현은 정수아가 내려놓은 집게와 가위를 대신 집었다.

"그건 또 무슨 말이에요?"

"일단 고기나 좀 먹어. 사라 너도. 나 먹인답시고 너희들 제 대로 먹지도 못했잖아."

불판을 갈고 고기를 새로 올렸다. 빠르게 익은 고기를 가위 로 먹기 좋게 썰어서, 사라와 정수아의 그릇에 올려 주었다.

"아니, 그것보다. 오빠 때문이라는 게 무슨 소리예요? 설마 아 까 그 새끼…… 아니, 그 아저씨가 한 말이 진짜라는 거예요?"

"그거랑은 조금 다르고. 내가 혈사자를 죽였거든."

룸을 잡은 것이 다행이었다. 정수아는 들고 있던 젓가락을 떨어뜨리고 입을 쩍 벌렸다.

"그, 그게 무슨……."

"그래서 이해가 안 된단 말이지. 혈사자가 죽었는데, 헌터들 이 어떻게 아직도 힘을 가지고 날뛰고 있는 거야?"

백현은 눈을 찡그리며 중얼거렸다.

정수아는 떨어뜨린 젓가락을 주울 생각도 하지 못하고 눈만 끔벅거리고 있었다.

"고기는 왜 안 먹어?"

"오는 것이 있으면 가는 것도 있어야지."

접시에 놓은 고기를 노려보는 사라에게 묻자, 볼멘소리로 한 대답만 돌아왔다.

그걸 이해하지 못할 만큼 눈치가 없지는 않았다. 백현은 재빨리 사라의 고기를 집어다가 빠르게 쌈을 싸주었다. 무도의 마왕과 싸울 때 움직인 손짓과 버금가는 속도였다.

"맞아, 수아 너 정식 사도 됐다며?"

"……일 년 전에요."

간신히 정신을 차린 정수아가 다시 젓가락을 집었다.

'혈사자를 죽였다고?'

놀랄 만한 일이기는 했지만, 상대가 상대다 보니 감정을 수습하는 것이 빨랐다. 일단은 전례가 있는 사람이잖은가.

'무령도 죽였는데 혈사자도 죽일 수 있겠지……'

정수아는 그런 생각을 하면서 고기를 우물거렸다.

"오빠 행방불명되고, 한 달 정도 뒤에 재생의 뱀 님이 정식 사도로 인정해 주셨어요. 그리고 돌아왔는데…… 처음에는 돌아버리는 줄 알았다니까요. 기껏 사도 되어서 나왔는데, 오빠는 행방불명에 혈사자랑 계약한 헌터들은 테러를 벌이고, 온갖 사람들이 관리국을 탓해대고……. 물론 관리국이 그들을 제대로 통제하지 못한 것은 사실이지만, 그래도 수습은 열심히 했다고요."

이미 반년도 지난 일이지만, 떠올릴 때마다 속이 터진다.

애당초 관리국이 많은 권한과 헌터에 대한 강압적인 통제권을 갖지 못한 것은, 정부와 헌터 본인들이 강하게 반발하고 나섰기 때문이다.

하지만 그게 뭔 대수인가? 다들 앞장서서 책임을 전가시키고 탓할 대상을 필요로 했을 뿐이다.

"관리국은 해체됐고, 각국의 어비스 관리는 정부와 군대가 떠맡게 됐죠. 덕분에 저희 아빠랑 삼촌은 백수가 되었고."

"잘 지내고는 계셔?"

"한가하게 지내시죠. 아빠야 뭐, 어비스 관리소장이었으니 물러나고서도 별 터치는 없는데……. 삼촌은 잘 지내지는 못했을 거예요. 지금이야 좀 덜한데, 해제 직전이랑 직후만 하더라도 검찰이랑 언론이 쪼아댔거든요. 감옥 안 간 게 다행이죠."

"너는?"

"바빠요. 힘들고."

정수아가 긴 한숨을 내쉬었다.

"일단 한국의 유일한 사도니까요. 여론도 안 좋아서, 이미지

쇄신이랍시고 굴려대는 거에 저항도 못 하고 굴려주고 있죠."

"싫으면 싫다고 말하지 그랬어? 네가 배 째라고 나오면 지들이 뭐 어쩔 건데?"

"그럴 수는 없더라고요. 아빠랑 삼촌한테 피해도 갈 것 같고, 그리고 저부터가 그렇게 할 수는 없었어요. 싫다고 배 째다가 대형 사고라도 터지면 죄책감이 엄청 들 것 같아서."

사도가 되기 전부터 관리국의 의뢰를 받아 고스트를 사냥했다. 결국에는 사명감 때문이었다.

"사라 넌?"

"말도 마세요."

정수아가 질색이라는 표정을 지으며 고개를 절레절레 저었다.

사라는 정수아가 무슨 말을 할지 뻔히 안다는 듯이 뚱한 표정을 지으며 팔짱을 꼈다.

"언니는 너무 과하다니까요. 한 반년 전인가? 헌사자랑 계약한 헌터들이 서울 건물 하나를 점거하고 인질극을 벌였는데, 언니가 혼자 쳐들어가서 글쎄……."

"안 죽였으면 됐지."

"……조금만 늦었다면 다 죽었을 걸요. 난 뭐 냉동고 연 줄 알았어. 헌터들이 죄다 얼어붙어서…… 어우."

"걔들 죽어서 잘못될 것도 없잖아."

사라가 투덜거렸다.

콜롬비아 메데인에서도 그랬다. 과거의 트라우마 덕인지, 사라는 테러 같은 류의 범죄에 대해서는 손이 너무 과했다.

"민식이 오빠 얘기는 알아요?"

"……예비 사도 됐다면서?"

백현은 투덜거리면서 고기를 뒤집었다.

"기어코 됐더라고. ……만나봤어? 난 전화해 봤는데 안 받더라."

"저처럼 템페스트의 성역에서 사도 수행은 안 한 것 같은데, 민식이 오빠도 바쁘죠. 지금 아마 아마존 쪽에 가 있을 거예요."

"아마존? 그런 기사는 없었는데?"

"비밀 임무 같은 거죠, 뭐. ……오빠도 알죠? 아마존에 어비스 다섯 개나 있는 거. 땅덩이도 넓고 제대로 관리도 되지 않는 곳이라 고스트가 득실거리는 곳인데, 관리국 해체되고서는 거의 방치되다시피 했어요."

사실 최근의 이야기는 아니었다.

아마존은 너무 넓었다. 전파도 잘 터지지 않는 곳이다 보니 사람 수십 수백 실종되어도 찾기 힘든 곳이다.

정수아는 관리국이 해체되고서 방치되었다고 했지만, 아마존이 거의 방치된 것은 관리국이 있을 적에도 마찬가지였다.

"거긴 지구의 어비스예요."

관리국은 주기적으로 아마존에 헌터들을 파견해, 어비스에서 나오는 몬스터들을 토벌했다. 하지만 워낙에 열악한 환경이고, 그 거대한 밀림은 굳이 몬스터가 아니더라도 위험한 장소다. 지금에 이르러서는 어비스와 다를 것 없이 몬스터가 득실거리는 장소가 되었다.

"각국이 혈사자랑 계약한 헌터들을 강압적으로 잡아들일 때, 많은 헌터들이 망명지로 선택한 것이 아마존이었죠. 지금 아마존의 밀림은 몬스터와 고스트, 마타도르가 뒤섞여 버티고 있어요."

"거기를 민식이가 갔다고?"

"난 말렸어."

사라가 중얼거렸다.

"TV도 없고 음식 배달도 안 되는 곳에 뭐 하러 가냐고 했지. 그런데 말 안 듣더라고. 확 두들겨 패서 못 가게 하려다가 말았는데, 그럴 걸 그랬나?"

"……별일 없을 거예요. 민식 오빠, 되게 세져서."

백현의 표정이 어두워지자, 정수아는 백현을 안심시키기 위해서인지 급히 말했다.

"템페스트의 예비 사도가 되었다고 했잖아요. 진짜, 저 예비 사도일 때 생각하면 너무한다 싶을 정도로 차이가 나더라고요."

"그건 그래. 어디 가서 맞고 다니지 않을 정도는 되지."

사라가 고개를 끄덕거렸다.

그렇게 말은 들었지만, 백현은 영 안심이 되지 않았다. 얘기를 들어보니 아마존도 위험한 곳인 것 같기는 했지만, 그보다는 서민식이 기어코 예비 사도가 되고 말았다는 사실 때문이었다.

템페스트는 여러 가지로 위험하다. 템페스트의 사도가 된다는 것이 서민식에게 어떻게 작용할지, 그것이 불안했다.

"너무 걱정 안 해도 돼."

사라는 어두워진 백현의 얼굴을 힐긋 보면서 말했다.

"서민식 혼자 간 것도 아니고, 발렌시아가랑 샤나크도 같이 갔거든."

"같이 갔다고?"

"사도니까 아무래도 착출된 거겠죠. 거절이야 할 수 있었겠지만."

"나한테도 아마존 가라고 얘기 들어왔었어. 너 기다린다고 안 간다고 배 쨌지만."

원래 발렌시아는 아이언메이드의 예비 사도였지만, 일 년이 흐른 지금은 예비 딱지를 떼고 정식 사도가 되었다.

백현은 아이언메이드가 템페스트에 깊은 관심을 가지고 있다는 것을 알고 있다.

그 때문에 발렌시아가 서민식과 함께 아마존에 갔다는 것은 의외라 할 만한 일이 아니었지만, 샤나크가 같이 갔다는 것은 굉장히 의외였다. 남 말을 더럽게 안 듣는 놈인 줄 알았는데.

"너 때문이야."

사라가 말했다.

"너랑 서민식이 오래된 친구라는 것도 알고. 네가 나중에 돌아왔는데, 만약 서민식이 죽어 있기라도 하면 눈 뒤집을 테니까. 원주민들에게 락을 전파하겠다고, 말은 그렇게 하더라."

왜 이리 감동할 일이 많은지.

백현은 샤나크와의 끔찍한 듀엣을 떠올리면서 웃어버렸다.

"드레이브는? 아마존에 안 갔나 봐?"

"미국에 있죠. 사실 지금 헌터들 중에서 가장 잘나가는 건 드레이브에요. 세상이 이렇게 되어버려서, 퓨어세인트가 이 세상을 구원할 거라고 믿는 사람들이 대거 늘어났거든요."

"영화 나온 건 알아? 보지 마, 눈 썩어. 그 자식 연기 더럽게 못 하더라. 대사랑 상황도 엄청 오그라들고. 그래도 할리우드 영화인 데다 돈도 엄청 쓰고 그래서 관객 수는 많이 잡혔지만."

사라가 질색이라는 표정을 지으며 투덜거렸다.

"그래도 자극은 받았는지, 중국에서도 라이 룽 데리고 영화 제작한다고 하던데요. 헌터에 대한 여론도 회복시킬 겸 해서."

"……찍는대?"

"진행 중이라는 이야기만 들었어요."

라이 룽의 성격을 보면 절대로 영화에 출연할 것 같지는 않았다.

"최근에는 실종설 돌던데?"

"영화 촬영 중이라 그런 거 아닐까요. 아니면 어비스에 가 있던가."

"실종설은 또 뭐야?"

"흔해 빠진 인터넷 찌라시죠. 한 사흘 전인가? 며칠 동안 라이 룽이 괴이산에서 칩거하고 나오지 않는다고 해서. 왜, 요즘 워낙 세상이 흉흉하고 그러니까…… 그런 단순한 찌라시예요."

정수아가 손을 내저으며 말했다.

"그래도 기사까지 날 정도면 뭔 일 있는 것 아니야?"

은근히 걱정을 내비치는 백현을 사라가 째려본다.

정수아는 맞은편에 앉은 사라의 눈치를 살피며 대수롭지 않다는 투로 대답했다.

"별 믿음이 안 가는 것이, 실종설의 근거가 너무 부족해요. 원래 찌라시가 다 그렇잖아요? 제대로 확인도 하지 않고 일단 내보내는 거."

정수아가 질색이라는 표정을 지으며 고개를 도리도리 젓는다.

사라와 백현도 정수아의 말에 공감할 수밖에 없었다. 각자 이유야 다르지만, 막무가내로 싸지른 찌라시에 시달린 경험이 있기 때문이었다. 당장 지금만 해도 생방송에서의 언행 때문에 인터넷에 난리가 났을 것이다.

백현도 라이 룽에 대한 걱정은 슬며시 접어두었다. 라이 룽이 강하다는 것은 백현이 가장 잘 알고 있었다. 오히려 백현이 걱정해야 할 것은 라이 룽이 아닌 아마존 쪽이었다.

'가야 하나?'

명계에서 돌아온 지 얼마나 되었나 싶기는 했지만, 백현이 느낀 시간은 고작 일주일뿐이다.

그런 생각을 하니 몸이 달았다. 하지만 그렇다고 당장 무작정 떠날 수도 없었다. 한국에서 확인해 볼 것들도 있고, 명계에서 얻은 경험들을 완전히 자신의 것으로 삼고 싶었다.

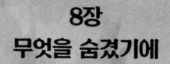

8장
무엇을 숨겼기에

바람이 분다.

그녀는 정면에서 덮치는 바람에 눈을 감거나 고개를 돌리지 않았다. 고작 바람일 뿐이었다.

찌푸린 눈썹은 바람이 맵기 때문이 아니었다. 그녀는 완전히 정지해 있는 흐름을 응시했다.

장소는 분명 저곳이 틀림없었다. 하지만 영 들어갈 방법이 없어 보인다.

[계속 기다릴 건가요?]

허리에 맨 칼자루가 작은 진동을 흘린다.

머릿속에 들리는 질문에 마룡왕은 천천히 고개를 끄덕거렸다.

"나흘 뒤, 들여보내지 않는다면 억지로라도 들어가겠다고 분명히 말을 전했소."

[약속한 시간은 이미 지났어요.]

"그렇다면 그것이 용성군의 대답이겠지."

마룡왕은 그렇게 중얼거리면서 앉아 있던 몸을 일으켰다.

바람에 나부끼던 망토 아래는 여전히 실오라기 하나 걸치지 않은 알몸이었으나, 마룡왕이 일어선 순간 비늘이 일어나 그녀의 전신을 뒤덮었다.

[뚫을 것이란 보장은 없을 텐데.]

"도저히 안 되겠다 싶으면 어쩔 수 없을 뿐이오. 그쯤 하면 용성군도 알겠지. 본녀가, 아니, 자비 넘치는 이복동생이 준 마지막 변론의 기회를 얼간이처럼 날리게 되었노라고."

그 대답에 검무희는 피식 웃어버렸다.

마룡왕은 칼자루를 손바닥으로 가볍게 두드리며 마주 웃었다.

"자, 가봅시다.

시간은 이미 지났다.

라이 룽은 마룡왕이 어떻게 할지에 대해 생각해 보았다.

그리 깊은 고민은 필요하지 않았다. 마룡왕이 할 행동은 그만큼이나 상상하기 쉬웠다.

라이 룽은 마룡왕을 '겪어보았다'. 오늘까지 일 년 하고도 몇 달. 오히려 이만큼의 시간을 유예로 주었다는 것이 의외라 느껴졌다.

답을 들으러 가겠다고. 마룡왕은 분명히 그렇게 말했다.

그 뒤로 일 년이 훌쩍 넘어서야 마룡왕이 직접 찾아온 것이다. 마룡왕이 준 사흘, 최후의 유예는 이미 지났다.

"……문을 열어야 하지 않겠습니까?"

라이 룽은 긴 침묵 끝에 입을 열었다.

그녀가 무슨 생각을 하고 어떤 결정을 내렸는지, 굳이 말로 할 필요는 없다. 용성군은 라이 룽의 생각과 결정을 모조리 알고 있을 것이다.

그러나 직접 말할 수밖에 없었다. 그녀가 계약한 군주이자 피 한 방울 섞이지 않은 아버지는 계속해서 침묵하고 있었다.

그 침묵이 곧 용성군의 결정이자 대답이었다. 그리고 라이 룽은 그 대답이 잘못되었다고 생각했다.

"불을 삼킬 수는 없단다."

목소리는 크고 웅장했다.

라이 룽은 고개를 들어 위를 보았다. 천장은 뻥 뚫려 있지만, 하늘은 보이지 않는다. 틈 없이 촘촘한 청록색의 비늘이 차락거리며 흐른다.

천장을 가득 채워 하늘을 가리던 몸뚱이가 움직이기 시작했다.

라이 룽은 방금 전에 들은 말을 다시 한번 중얼거려보았다.

"불을 삼킬 수는 없다……."

"야화(野火)는 불이란다."

목소리가 조금 가까워졌다. 거대한 용의 머리가 몸통 사이에서 모습을 드러냈다.

사자를 연상시키는 갈기는 희었고, 수사슴 같은 한 쌍의 뿔은 검었다. 금색의 수염은 늘어지지 않고 제각각 움직인다.

라이 룽은 용성군의 녹색 눈동자를 응시했다.

"삼키지 못한다면 끄면 되지 않습니까?"

"쉬이 꺼지는 불이라면 잡지 않을 이유가 없지. 하나 이 불은 너무 뜨겁고 커서 잡는 것이 쉽지 않구나. 무리해 끄려 한다면 이쪽을 태울 것이야."

덩치만큼 커다란 용성군의 눈동자는 자애롭기 그지없었다.

그는 라이 룽과 피 한 방울 섞이지 않았을 뿐 아니라 종과 격 또한 다르다. 하나 그에게는 상위 종족이 하등 종족을 대할 때 특유의 광오함과 무시는 조금도 묻어나오지 않았다.

그렇기에 더 이질적이다. 마음이 읽히고 있음을 알지만, 라이 룽은 그렇게 생각할 수밖에 없었다.

그녀가 아는 아버지는, 용성군. 자애로운 데다 의를 알고 도리를 알았다. 그가 추구하는 대의란 옳기 그지없는 것이었다.

그는 신비경의 모든 권속을 사랑했고, 라이 룽뿐만이 아니라 그와 계약한 모든 인간을 사랑했다.

용성군은 자신과 계약하고 죽은 모든 헌터를 기억했다. 드넓은 세계의 수많은 사람이 용성군과 계약해 헌터가 되었고, 당연히 많은 헌터들이 죽었다.

신비경의 이곳, 용궁(龍宮)의 뒤뜰에는 셀 수 없이 많은 묘비가 있다. 죽은 헌터들을 기리기 위한 묘였고, 용성군 본인이 직접 세웠다.

그 거대한 묘지의 가장 안쪽에, 라이 룽도 들어갈 수 없는 신비경의 금지(禁地)가 있다.

"그곳은 용의 무덤이란다."

용성군이 지그시 라이 룽을 내려 보았다.

혹여 자신의 생각이 무엄하지 않았을까 싶었으나, 라이 룽이 사죄를 말하기도 전에 용성군은 고개를 저었다.

"딸아. 네 의심은 타당한 것이다. 탓할 필요가 없지."

"……그렇다면 제 의심에 답을 주시겠습니까."

"나는 겁쟁이란다."

용성군이 긴 한숨을 내쉬었다.

'겁쟁이?'

라이 룽이 그 말을 이해하지 못해 고개를 갸웃거린 순간, 용성군의 몸이 빛에 삼켜졌다.

라이 룽은 놀라지 않고 몇 걸음 뒤로 물러섰다. 빠르게 줄어드는 빛이 라이 룽의 앞으로 떨어진다. 천장을 가득 채워 하늘을 가렸던 용이 사라졌다.

"잃는 것이 두렵고, 잃을 것이 많아 겁쟁이가 될 수밖에 없었지."

인간의 모습을 취한 용성군은, 이복동생인 마룡왕과 닮은 곳이 한 군데도 없었다.

용성군은 흐트러진 용포를 바로하면서 라이 룽을 응시했다.

"용의 무덤이라 말하기는 하였으나, 그 무덤에 묻힌 것은 용뿐만이 아니란다. 또, 묘 아래에는 시체가 거의 없기도 하지. 대부분을…… 온전히 수습할 수가 없었기 때문이야."

용성군은 그렇게 중얼거리며 하늘을 보았다.

신비경의 하늘은 청명하고 맑다. 태양도, 구름도, 저 하늘의 모든 것이 필요에 의해 만들어진 거짓이기 때문이다.

"그 무덤에는 내 친구와, 아버지와 어머니와…… 그리고 많은 이들의 간신히 남긴 흔적들이 남아 있지."

용성군의 목소리가 물에 잠긴 것처럼 먹먹해졌다.

"멸룡전에서 죽은, 내가 기억하는 모두가 그곳에 잠들어 있단다. 그래. 야화가 일으킨 멸룡전. 야화가 죽인 모두. 내 아버지는 묘 아래 머리만이 묻혔고, 내 어머니는 눈 하나만 묻혀 있지."

"……아버지."

"그들의 안식을 기원하고, 평생 잊지 않고자 그 무덤을 만들었단다. 나는…… 야화를 원망하지 않는다. 운명의 잔혹함이 그 아이를 마룡왕으로 만들었을 뿐이니. 그 아이가 일으킨 멸룡전에 의해 내 부모와 친구, 수많은 이들이 죽었다고 해도…… 결국 모든 것이 내 업보였지."

용성군이 긴 탄식을 흘렸다.

"그 아이는 나에게 답을 요구하고 있다. 스스로 낳은 의심과 증오에 대한 답. 만약 명쾌히 답할 수 있는 것이라면, 사흘 전에 야화가 찾아와 신비경의 문을 열라 하였을 때 망설이지 않고 문을 열어주었을 것이다. 그리고, 긴 세월 쌓인 후회와 퇴색되어 버린 증오와 엷어진 애정으로 야화를 맞이해 주었겠지."

하지만 그러지 않았다.

빈사 지경의 헌터가 찾아와 마룡왕의 뜻을 전했을 때, 용성군은 긴 탄식을 흘리며 그 헌터를 치료해 돌려보냈다. 그리고 라이 룽을 불러, 당분간 신비경을 나가지 말아달라 부탁했다.

그렇게 사흘이 흘러 오늘이다. 마룡왕이 말한 시간은 이미 지나 버렸다.

"하나 야화는, 이미 스스로 답을 정해놓았단다. 그 아이는 진실 자체를 바라지 않아."

"……하지만, 아버지."

"나는 이미 그 아이에게 모든 진실을 알려주었단다. 그러나,

야화는 다시 이곳에 왔다. 야화가 바라는 것은 진실도 납득도 아니란다. 그저 자신의 증오와 복수심을 정당화시키기 위한 답을 필요로 할 뿐이야."

그건 라이 룽도 어느 정도 동의하는 말이었다. 용성군은 이미 마룡왕에게 모든 진실을 알려주었다. 납득하지 못한 것은 마룡왕뿐이다.

"야화는 내가 끔찍한 존재가 되기를 바라겠지. 오직 대의만을 위해 용곡의 마룡들을 학살하고, 그에 대해 아무 죄책감도 느끼지 않고, 대의라는 바탕에 선함을 새기고 위선으로 색을 칠한 가면을 쓴 존재이기를 바랄 것이다. 내가 그 아이를 죽이지 않고 구한 것이 혈육으로서의 정이 아니라 단순한 무능이었고, 이 혼돈계에 온 것이 대의를 위해서가 아닌 나 자신의 탐욕일 뿐임을 말이다. 그래. 그런 위선자가 되어야 야화는 나를 마음 편히 증오할 수 있으니까."

용성군의 목소리에 조금의 격정이 실렸다. 서글서글한 눈이 벅차오르는 슬픔으로 붉어진다.

"야화는 여전히 나를 증오하고 있단다. 여전히 나를 증오해 죽이고 싶어 해. 내 부모와 친구를 죽인 것으로도 모자라, 나까지 죽일 셈이다. 그 아이가 품은 불꽃은 세월과 증오를 삼키며 걷잡을 수 없이 커져 버렸다."

"그래서, 쭉 그녀를 들이지 않으시는 겁니까."

"더 불을 키우려 들지 않는다면 타오른 불꽃은 언젠가 꺼지게 마련이란다. 야화는 이미 타당한 증오를 위한 답으로 귀를 막았고, 내가 무슨 말을 하든 간에 야화가 가진 증오의 불길을 더 맹렬히 할 뿐이란다. 그러니⋯⋯."

용성군의 말이 채 끝나기도 전이었다.

쿠구구구궁!

거대한 진동이 용궁을 뒤흔들었다.

용성군은 고개를 들어 하늘을 보았다. 청명하고 맑던 하늘이 일그러지고 있었다.

"⋯⋯마룡왕이 온 모양입니다."

"결국 답을 달라 떼를 쓰러 왔구나."

용성군이 탄식했다.

신비경 전체에 지진이 났다. 외차원 바깥에서 가해지는 공격인데, 그 힘은 용성군의 성역 전체를 뒤흔들 정도로 강력했다.

"차라리 제가 나가서⋯⋯."

"아니, 그래서는 안 된다. 나는 너마저 잃고 싶지 않구나."

용성군은 라이 룽이 끝까지 말하게 두지 않았다. 용성군 답지 않게 거절을 허락하지 않는 강압적인 어조였다.

"그렇다면 차라리 문을 여시는 편이⋯⋯? 아무리 마룡왕이 강력하다고 해도. 이곳은 아버지, 당신의 성역입니다."

라이 룽이 급히 물었다.

마룡왕이 증오를 타당케 하기 위한 답을 요구하고 있다는 것은 라이 룽도 납득할 수 있었다. 하지만 마룡왕이 저렇게까지 강경하게 나온다면, 용성군도 결단을 내려야 한다.

"잃고 싶지 않은 것이 너무 많구나."

용성군이 중얼거린다.

무례라는 것을 알았으나 라이 룽은 눈썹을 찌푸렸다. 스스로 겁쟁이라 시인했다고는 해도, 이건 너무하지 않은가.

대의를 위해서라면 희생이 필요하다고 하던 것이 바로 용성군이다. 용성군은 항상 라이 룽에게 대의를 말하며, 그를 위한 희생이 불가피하다 말하곤 했었다.

"결국은 혈육이기 때문이지."

용성군이 중얼거린다.

"우유부단하다는 것은 안다. 하지만…… 야화를 직접 만나고 싶지 않구나. 그렇다면, 나는…… 피가 이어진 마지막이자 유일한 혈육을 내 손으로 죽여야 한다."

이해하지 못할 말은 아니었다. 분명, 그러했다. 하지만…… 석연치 않다. 라이 룽은 그 석연찮음을 도저히 떨쳐낼 수가 없었다.

아무리 혈육이라지만…….

"야화를 신비경에 들일 수는 없다."

용성군이 중얼거렸다.

그는 천천히 고개를 들어 하늘을 보았다. 용성군의 몸이 빛에 휘감겼다.

"야화가 뚫지 못하도록 버티는 수뿐이구나. 딸아, 너는 이곳에 남도록 해라. 절대, 절대로 이곳을 나가서는 아니 된다. 그 어떤 일이 있더라도 신비경 바깥으로 나가 야화를 만나려 들지 말거라. 내가…… 네 묘를 세우지 않도록, 부디."

"……예."

거절하지 못하게끔 하는 말이었다. 마음을 읽었을 터인데, 용성군은 라이 룽의 갈증을 해소해 주지 않았다.

그의 몸을 휘감은 빛이 뻥 뚫린 천장을 통해 하늘 높이 치솟았다. 거대한 용이 하늘을 가로질러 날았다.

[용성군이 왜 이렇게까지 당신을 피하는 겁니까?]

칼자루가 웅웅거리며 떤다.

마룡왕의 개인적인 문제. 가급적이면 그리 묻고 싶지 않은 주제였으나, 검무희는 용성군이 이렇게까지 마룡왕을 피하려 드는 이유를 도저히 납득할 수가 없었다.

"그건 용성군 본인이 알지 않겠소."

마룡왕은 입술을 타고 넘치는 기염을 훑으며 대답했다.

일 년 전. 백현이 사라지고, 역천자가 도망친 곳에서 이렇게 된 검무희와 다시 만났다.

검무희는 더 이상 신격으로서의 육체를 이룰 수 없었고, 이전처럼 예리한 검격을 펼칠 수도 없게 되었다. 처참한 몰락이었다.

마룡왕은 검무희에게 원하는 대로 해주겠노라 말했었다. 추하게 연명하느니 고결하게 죽는 것이 낫지 않겠느냐고, 그것을 권하기도 했다. 만약 검무희가 죽음을 바란다면, 마룡왕은 검무희가 가장 영광스럽던 때를 떠올리며 그녀를 죽여줄 생각이었다.

하지만 검무희는 죽음을 바라지 않았다. 추하게 연명하게 된 몸으로나마 살아가겠노라 대답했다.

무엇을 위해 살고 싶으냐고 물으니, 아직 보고 싶은 것이 너무 많다는 대답만 했을 뿐이다.

그 후로 일 년이다.

마룡왕은 요동치는 흐름을 심안으로 보았다. 검무희를 통해 얻게 된 심안, 결코 알아차릴 수 없는 외차원인 신비경의 위치를 확실하게 보여주고 있었다.

[그렇다면 마룡왕. 당신이 바라는 것은 진실입니까? 아니면…… 이 모든 것이 당신 자신을 합리화하기 위한 핑계일 뿐입니까?]

"둘 다일지도 모르겠소."

마룡왕은 그렇게 중얼거리며 크게 숨을 삼켰다.

고오오오!

시뻘건 기류가 마룡왕의 입으로 들어가 그녀의 가슴을 크게 부풀렸다.

꽈아아앙!

전력으로 쏘아진 기염이 흐름을 꿰뚫는다.

마룡왕은 몰아치는 기염의 잔재를 다시 갈무리하며 대답을 이어갔다.

"본녀는 일 년도 전에 용성군의 사도를 만났고, 본녀가 알고 있는 과거가 진실이 아니라는 이야기를 들었소."

[그건 나도 당신에게 들었습니다. 몇 번을 생각해 보았으나 용성군의 이야기에 모순은 없었습니다. 솔직히, 거짓은 아니라고 생각합니다.]

"그건 본녀도 마찬가지요. 그래서 그때, 할 수 있음에도 용성군의 사도를 죽이지 않았소."

용곡에서 유일하게 홀로 살아남았다는 것을 여태까지는 우연이고 기적이라 치부했다.

하지만…… 이상한 기적이라는 것은 쭉 생각했었다.

용곡의 마룡이 멸룡전을 일으키리란 예언에 따라 용곡의 마룡들이 몰살당했다. 그 처참한 살겁을 자행한 용들이 가장 신경 써야 할 마룡왕의 죽음은 확인하지 않았다.

"용성군의 말에 모순은 없소. 너무 깔끔하여 의심될 정도로 말이오."

[의심?]

"마치 오랫동안 준비한 거짓말 같잖소. 지금만 해도 보시오. 본녀는 사흘의 유예를 주었소. 밖에서 만나자고 한 것도 아니오. 무조건 용성군에게 유리할 수 없는, 그의 신비경에 직접 들어가겠노라 말해주었지."

마룡왕이 양손을 들었다. 불꽃처럼 타오르는 용마력이 그녀의 손을 뒤덮었다. 입에서 내뿜은 기염과 손에서 쏘아진 용마력이 뒤섞였다.

그 경악스러운 강력함에 검무희는 감탄하고 말았다.

일 년 동안 무던히도 느꼈다. 마룡왕은 신격을 상실했음에도 계속해서 강해지고 있었다. 거기에 심안까지 얻게 되었으니, 누구도 부정할 수 없는 최강의 신격이라 할 만했다.

"하지만 문을 열어주지 않는구려."

마룡왕이 혀를 날름거렸다.

그녀는 예리하게 뜬 눈으로 앞을 보았다. 이만한 공격을 쏟아냈음에도 신비경의 문은 굳건하기 짝이 없었다.

"문을 열어주지 않을 이유가 없소. 만약 진정으로 본녀를 위한 생각을 하였더라면, 본녀를 들이고 이야기를 나누자 했을 것이오. 용성군에게 불리할 것은 하나도 없었소. 만약 내게 해준 이야기가 거짓이었다면, 그렇다 해도 문을 열지 않을 이유는 없소. 용성군이 거짓말까지 해가며 물린 것이 바로 본녀요. 신비경에 본녀를 들인다는 것은 튀어나온 가시처럼 거슬리던 이 마룡왕을 완전히 죽일 수 있는 절호의 기회였을 거요."

[하지만 문을 열지 않는군요.]

"그렇다면 답은 하나뿐이지 않겠소?"

흐름이 꿈틀거린다. 여태까지 쏟아부은 공격은 헛되지 않았다. 신비경으로 통하는 문은 공격에 파괴된 만큼 얇아졌다.

그 얇아진 문 너머로, 마룡왕은 거대한 신격의 존재감을 느꼈다. 눈은 보이지 않지만, 시선은 느껴진다.

"이 마룡왕을 신비경에 들일 수 없는 분명한 이유가 있다는 게지."

마룡왕은 비웃듯 말했다.

마치 그 말을 들은 것처럼, 꿈틀대는 흐름 너머에서 거대한 힘이 응집되었다. 마룡왕은 그 힘을 느끼고서 웃음을 참지 못했다.

"대체 무엇을 숨겼기에 이 마룡왕을 죽이려 들면서까지 못 오게 하는 것일까?"

외차원의 신비경에서 뿜어낸 기염이 마룡왕을 덮쳤다.

그저 공격뿐이었으나, 마룡왕은 자신을 확실히 죽이고기

하는 용성군의 살의를 느낄 수 있었다.

용성군이 떠나가고 얼마나 되었을까. 여전히 마룡왕의 공격은 신비경을 뒤흔들고 있다.

라이 룽은 마룡왕의 무모함을 비정상이라고 생각할 수밖에 없었다.

억지로 문을 열어낸 뒤에 대체 무엇을 하려는 걸까? 정말 용성군을 죽이려고?

용성군의 신비경의 주인이다. 이곳에서 용성군을 죽이는 것은 불가능한 일이다.

"주인님."

도저히 납득할 수 없는 지금의 상황을 헤아리던 중. 아래에서 목소리가 들려왔다. 고개를 돌려보니, 아소가 라이 룽을 올려보고 있었다.

"⋯⋯왜?"

"큰 주인님이 잠시 신비경을 떠나셨습니다."

아소는 라이 룽이 사도가 되기 전, 아니, 막 헌터가 되었을 때. 처음으로 소환한 신비경의 신수(神獸)다. 라이 룽과는 가장 오랫동안 시간을 보냈고, 라이 룽이 가장 아끼는 신수이기도 했다.

더 많은 소환수를 불러낼 수 있게 된 후에도 라이 룽은 항상 아소를 소환해 데리고 다녔고, 아소가 더 이상 전투에 도움이 되지 않을 때도 쭉 소환해 두고서 어루만져 주었다.

"큰 주인님은 성역의 경계에서 야화 님…… 아니, 마룡왕과 다투고 계셔요. 지금은, 지금만은, 큰 주인님이라 해도 주인님의 마음을 읽을 수 없어요."

"다투고 있다고……? 왜? 그보다 그게 무슨 상관……."

"시간이 많지 않아요, 주인님."

아소의 목소리에 초조함이 묻어난다. 그는 불안한 듯 눈동자를 떨면서 꼬리를 축 늘어뜨렸다.

라이 룽은 웅크려 앉아 아소의 머리를 쓰다듬어 주었다.

"시간? 무슨 시간을 말하는 거지?"

"큰 주인님은 언제 돌아올지 모르세요. 기회는 지금뿐이라고요."

아소가 고개를 도리도리 저으며 라이 룽의 손을 뿌리쳤다. 그 뒤에 라이 룽의 바짓자락을 물고서 잡아당겼다.

"주인님이 보셔야 할 것이 있어요."

9장
용의 무덤

아소의 걸음 하나하나가 급했다. 그는 끊임없이 주변을 살폈고, 큰 소리를 내며 떨리는 하늘을 계속 힐긋거렸다.

라이 룽은 아소의 뒤를 따랐다.

용궁을 떠나기 전, 아소는 라이 룽에게 몇 가지에 대해 단단히 당부했다.

절대로 다른 소환수를 소환하지 않을 것. 특히 신비경의 사대 신수인 천공룡 하미르나 자화봉 해사리, 영갑귀 자오는 절대 소환해서도, 마주쳐도 안 된다고 경고와 당부를 전했다.

그건 아주, 아주 이상한 말이었다. 라이 룽은 용성군의 유일한 사도고, 신비경의 모든 신수와 요수, 마물들의 존중과 충성을 받는 위치다.

하지만 라이 룽은 아소가 전한 당부에 대해 따져 묻지 않았다. 바보라 할지라도 너무나 명확했기 때문이다.

지금 아소는 본래의 주인인 용성군의 뜻을 어기고 있었다.

"……괜찮은 거야?"

"괜찮고말고요. 큰 주인님은 신비경을 굽어보지 못하고 계시고, 다른 권속들도 제 자리를 지키고 있어요. 그러니까 들키지만 않으면……."

"아니, 그것 말고. 너 말이야."

라이 룽은 울적한 표정을 지으며 말했다. 그 말에 살랑거리던 아소의 꼬리가 움찔 멎는다.

하지만 아소는 뒤를 돌아보지 않고 계속해서 움직였다.

"아버지가 이 일로 너를 문책하면 어떡해?"

"……제가 선택한 일이니 어쩔 수 없어요."

아소가 힘을 주어 대답했다. 하지만 목소리에는 적잖은 떨림이 있었다. 아소 역시 후에 있을 문책을 두려워하는 것이 분명했다.

"큰 주인님은 존경스러운 분이지만, 그래도…… 저는 작은 주인님이 더 좋아요. 그러니까, 두고 볼 수가 없었어요. 특히 지금 같은 상황에서요."

"대체 뭔데?"

"주인님은 걱정 안 하셔도 돼요. 큰 주인님은…… 절대로 작은 주인님을 해하지 않을 거예요. 그러니까, 생각은 작은 주인님이 해주세요. 일단, '보고 나서' 말이에요."

대체 무슨 일이냐고 벌써 몇 번을 더 캐물었다. 하지만 아소는 확실히 대답해 주지 않았다. 직접 보고 나서, 그 뒤에 생각하라는 말만 할 뿐이다. 정작 무엇을 봐야 하는지는 알려주지 않으면서.

"이런 말은 조금 그렇지만, 무영호 유가 님이 죽어서 다행이에요."

용성군 휘하 사신수의 하나였던 유가. 그는 라이 룽이 마룡왕과 처음 만났을 때 죽었다. 마룡왕의 손톱은 유가의 발톱을 정면에서 찢은 것으로 모자라 유가를 난도질해 버렸다.

"……다행이라고?"

라이 룽은 유가의 죽음을 다행이라 말하는 아소에게 불쾌감보다는 의아함을 느꼈다. 아소는 유가와 같은 종의 신수였고, 유가의 후손이었기 때문이다.

"네. 만약 유가 님이 살아계셨다면, 절대로 들어갈 수 없었을 테니까요."

들어갈 수 없다는 말.

라이 룽의 눈동자가 미미하게 떨린다. 이 신비경에서 용성군의 사도인 라이 룽이 들어갈 수 없는 장소는 없었다.

용궁의 셀 수 없이 많은 방도 마찬가지다. 굳이 말하자면,

들어갈 수 없는 것보다는 들어가지 '않은' 장소가 있을 뿐이다.

"무덤으로 가는 거야?"

"그보다 깊은 곳이죠."

라이 룽이 들어가지 않고, 존재하는지도 몰랐던 장소. 불과 방금 전에 용성군에게 이야기를 들었던 용의 무덤.

"이쪽이에요."

아소가 서둘러 뛴다.

라이 룽은 머뭇거리다가 아소의 뒤를 따랐다.

쿠우웅!

신비경이 또다시 크게 흔들렸다. 힐긋 올려 본 하늘에는 거대한 균열이 만들어져 있었다.

그 균열의 안쪽을 통해 신비경 바깥의 모습이 비춰진다. 붉은 비늘에 휘감긴 마룡왕이 이쪽을 향해 기염을 쏟아내는 모습이었다.

"아버지가 마룡왕을 기어코 신비경 안으로 들여보내지 않는 이유는 알아?"

"그건 저도 잘…… 모르겠어요. 하지만, 아마 틀림없이. 용의 무덤과 관련이 있을 거예요."

둘은 어느새 용궁 뒤편의 묘지를 가로지르고 있었다. 무수히 많은 묘비가 솟아난 풍경은 기괴하면서도 을씨년스러운 것이 맞을 터이나, 가득 핀 꽃 덕에 그림 속 풍경 같은 아름다움이 느껴지기도 했다.

즐비한 무덤가를 좋아하는 사람이 많지 않듯이, 라이 룽도 이 장소를 그리 좋아하지 않았다. 맨 처음 감상하듯 본 이후로는 단 한 번도 찾아온 적이 없었다.

"그곳에 뭐가 있는지는 알아?"

"……직접 보시는 게 나을 거예요."

아소가 머뭇거리며 대답했다.

아소와 오랫동안 지냈으나, 라이 룽은 아소의 그런 목소리는 처음 들었다.

라이 룽은 아소의 눈동자에 실린 감정을 보았다. 득실거려 꿈틀대는 바퀴벌레와 구더기 무리를 볼 때 같은 표정이었다.

무덤의 끝은 높다란 절벽으로 가로막혀 있었다.

아소는 주변을 휘휘 둘러보며 경계하다가, 펄쩍 뛰어 절벽을 앞발로 두드렸다.

쿠구궁!

아소가 다시 땅에 내려왔을 때, 묵직한 진동과 함께 절벽이 뒤흔들렸다.

"이쪽이에요."

절벽의 아래에 자그마한 통로가 생겼다.

아소는 다급한 목소리로 말하면서, 먼저 그 안으로 뛰어들어 갔다.

라이 룽은 음습하고 심상찮아 보이는 통로의 입구를 잠시 쳐다보다가, 꿀꺽 침을 삼키면서 아소의 뒤를 따랐다.

"네가 여기는 어떻게 알지?"

"전 유가 님의 후손이니까요."

통로는 너무 어두워 간신히 앞만 분간할 수 있을 정도였다. 밀폐되었던 곳이라 그저 걷는 것뿐인데도 가슴이 답답했다.

"유가 님은 이 무덤의 번견이셨고, 유가 님이 자리를 비우실 때는 다른 후손이 이곳의 번견 역할을 해야 해요."

유가가 마룡왕에 갑작스레 살해된 뒤, 무덤의 번견 자리는 비어버렸다. 유가의 후손들은 유가와 비교가 안 될 만큼 약했기 때문이다.

하지만 용성군은 그것을 큰 문제로 여기지는 않았다. 어차피 이곳은 어떤 외인도 들어올 수 없는 외차원이었고, 새로운 번견이야 외차원에 틀어박힌 신세를 벗어난 후에 정하면 되었다.

"유가 님은, 큰 주인님의 허락하에 주기적으로 자신의 후손들을 데리고서 이곳에 들어오셨죠. 유가 님은 자신이 이 무덤의 번견이라는 사실을 자랑스럽게 여기셨어요. 이 안에 들어와 놀란 우리를 두고서, 우리 일족이 이 비밀스러운 일의 수호자를 영위함이 얼마나 영광스럽고, 큰 주인님의 믿음을 받는 일이냐고 말씀하셨죠."

공기가 끈적거리는 것만 같다. 몇 걸음 앞만 간신히 보이는 어둠이 불길하게 느껴졌다.

캄캄한 밤과 어두운 방을 두렵게 여긴 것은 기억도 잘 나지 않는 어린 시절이 마지막이었는데, 지금 다시…… 눈앞의 어둠이 두렵게 느껴졌다.

"곧 도착해요."

아소가 중얼거렸다. 낮고 울적하며, 배덕감에 찌든 목소리였다.

라이 룽은 천천히 심호흡하며 고개를 끄덕거렸다.

어둠 너머에 있는 것이 두려워 더뎌진 걸음을 억지로 빠르게 했다.

순간 냄새가 너무 강하게 났다. 방금 전까지 아무 냄새도 나지 않았는데, 대체 왜 느끼지 못한 것인가 싶을 정도로 강렬한, 그런. 코를 파고들어 뇌를 두들겨 패는 것 같은 악취였다.

라이 룽은 아찔한 현기증을 느끼며 비틀거렸다. 악취에 순간 놀라 버려, 어둠이 걷혀 환해졌다는 것은 놀랄 거리도 되지 않았다. 어질거리는 머리 덕에 시야마저 흔들린다.

라이 룽은 간신히 바로 서서 앞을 보았다. 일렁거리는 시야가 돌아오고, 잘 보이지 않던 것들이 제대로 보이기 시작했다.

결국 보았다.

가장 먼저, 보이게 된 것을 후회했다. 그만큼 도저히 보고 싶지 않은 광경이었다. 상상하지 못했던 광경이기도 했다.

솔직히 보고 있으면서도 저게 도대체 뭔지 알 수가 없었다. 상상할 수 있는 최악은 모조리 상상했다고 생각했는데, 눈앞의 저것은 상상했던 것들과는 너무나도 달랐다.

하지만 추악함과 끔찍함은 상상했던 모든 것들을 뛰어넘는다.

그건 거대한, 덩어리였다. 살과 살을 기워 덩치를 키운 고깃덩어리.

라이 룽은 입으로 손을 틀어막았다.

"……저게 뭐야……?"

'용'이라고 생각되는 것이 보이기도 했다. 아니, 너무 많이 보였다.

그 덕분에 저 덩어리는, 보는 사람의 기분을 나쁘게 하고 싶어 하는 악취미만으로 빚어낸 아무 의미 없고 기분만 나쁜 조형물 같았다.

라이 룽은 속이 메슥거림과 악취에 어지러운 머리와 구토하고 싶은 충동을 억눌렀다. 그리고 덩어리를 찬찬히 살펴보았다.

군데군데 튀어나온 것들. 도중에 부러진 뼈다귀가 날카롭게 삐져나와 있고, 손이나…… 발이 어느 정도의 형태를 유지하고서 나와 있었다. 가끔 썩은 이빨을 보이며 튀어나온 주둥이도 보였다.

그중에 가장 많은 것은 '눈동자'였다. 살덩이에 파묻힌 눈동자들은 모두 생기 없이 죽어 있었다.

라이 룽은 덩어리를 향해 다가가 보았다.

아소는 조금 앞에 주저앉아서 덩어리를 쳐다보고 있었다.

다가갈수록 악취는 강해졌다. 갑자기 움직이는 것이 아닐까 경계했는데, 살덩이는 조금도 움직이지 않았다.

"용들의 시체에요."

곁에 선 라이 룽을 향해 아소가 중얼거렸다.

"멸룡전에서 죽은 용들의 시체. 용과, 마룡, 가리지 않고, 수습할 수 있는 모든 것을 한 곳에 뭉쳐놓은 거예요."

"……대체 왜 그런 짓을?"

용의 무덤.

용성군은 떠난 이들의 안식을 빌어주는 것과 그들을 잊고 싶지 않아 무덤을 만들었다고 했다.

하지만 저게…… 아무리 죽었다고는 해도, 저렇게 흉하게 한 곳에 뭉쳐놓은 것이 정말 안식을 위해서란 말인가?

"그건…… 저도 잘 모르겠어요. 번견의 역할은 누구도 들어오지 못하게 지키는 것이 최우선이니까요."

번견까지 세워가며 지키고 싶었던 것이 이 추악한 살덩어리라니. 라이 룽은 도저히 지금 보이는 것을 이해할 수가 없었다.

가장 알 수 없는 것은 용성군이었다.

"어쩌면 야화 님과 관계가 있지 않을까요?"

아소가 슬며시 의견을 냈다.

터무니없는 생각은 아니었다. 이곳은 멸룡전에서 마룡왕에게 죽은 용들의 무덤이다.

라이 룽은 마룡왕을 절대로 신비경에 들어오게 하지 않으려던 용성군을 떠올렸다.

확신하기는 근거가 턱없이 부족했으나, 이 기괴한 광경을 보고 있자니 용성군의 단호함과 관계가 없을 것 같지는 않았다.

"야화."

불쑥 목소리가 들렸다. 라이 룽과 아소, 둘 모두 화들짝 놀라 소리의 근원지를 찾았다.

덩어리의 맨 위, 무언가가 꾸물거리며 나온다. 그건 처참하게 찢긴 얼굴이었다.

용이 아닌 사람의 얼굴. 그 얼굴을 본 아소가 경악했다.

"화, 화조명 님?"

그 이름은 라이 룽도 들은 기억이 있었다.

화조명. 마룡왕의 어머니였다는 용이다. 얼굴은 갈기갈기 찢겨 처참했으나, 피처럼 붉은 눈동자는 마룡왕과 닮아 있었다.

"야화가 아니구나."

라이 룽과 아소를 내려보던 화조명이 중얼거렸다.

아소는 안절부절못하며 어쩔 줄 몰라 했다.

이곳에 온 것이 이번이 처음은 아니었으나, 이런 경험은 처음이었다. 죽은 유가도 이런 이야기는 해주지 않았다.

"당신이 화조명입니까?"

라이 룽은 꿀꺽 침을 삼키며 말을 걸었다. 화조명이 천천히 고개를 끄덕거렸다.

그녀는 라이 룽을 물끄러미 보면서 중얼거렸다.

"네게서 창명(彰明)의 힘이 느껴지는구나. 새로운 권속이냐?"

"······창명?"

"큰 주인님의 아명입니다······."

아소가 소곤거렸다.

화조명은 시선을 돌려 아소를 쳐다보았다.

"나는 네가 누구인지 모른다. 너는 나를 아느냐?"

"무, 무영호 유가의 후손인 아소라고 합니다. 제가 한참 어릴 적에······ 멀리서나마 화조명 님을 뵌 적이 있습니다."

"나의 어떤 모습을 보았느냐?"

"······용곡으로 떠나시는 모습을 보았습니다."

아소의 대답에 화조명이 큭큭 웃었다. 그녀가 웃을 때마다 살덩이가 호응하듯 함께 흔들렸다.

"그렇다면 너는, 용곡의 마지막에 없었겠구나."

"예······."

"이곳에 창명과 유가 외의 다른 누군가가 온 것은 처음이다. 너희는 왜 이곳에 있느냐? 창명은 어디에 있고?"

화조명이 눈을 가늘게 뜨며 물었다.

살덩이가 꿈틀거린다. 파묻혀 있던 눈동자들에 빛이 켜진다. 죽었던 눈들이 산 자의 생기를 갖고서 라이 룽과 아소를 쳐다보았다.

쿠구구궁!

무덤 전체가 뒤흔들린다.

화조명이 호기심 어린 눈으로 천장을 보았고, 아소가 불안해 꼬리를 떨었다.

"자, 작은 주인님. 시간이 없어요."

"……."

라이 룽은 대답하지 않았다.

아소는 이 광경을 직접 보고서 생각하라고 했다. 용성군이 보여주지 않았던 광경.

라이 룽은 가슴 속에 스멀거리며 번지는 의혹을 외면할 수가 없었다.

"화조명. 제 질문에 대답해 주시겠습니까."

"창명의 권속의 질문에 답해주고 싶은 마음은 없다."

화조명이 이죽거렸다.

"야화, 그 아이의 이름이 들려 눈을 떴을 뿐…… 이곳에 야화가 없다면 더 그럴 필요가 없지."

화조명의 눈이 천천히 감겨간다.

라이 룽이 다급히 외쳤다.

"바깥에 그녀가 와 있습니다!"

외침은 효력이 있었다. 내려가던 화조명의 눈꺼풀이 우뚝 멈추었다.

"그리고 아버지, 아니, 용성군이 그녀가 들어올 수 없도록 막고 있습니다."

"용성군?"

다시 눈을 뜬 화조명이 킬킬거리며 웃었다. 그녀가 머리를 흔들었다.

"이보시오, 이리 나와 좀 들어보시오. 창명 그 개잡놈이 용성군이라는 번드르르한 이름을 자칭하는 모양이오."

누구에게 하는 것인지 알 수 없는 말이었고, 혼잣말처럼 들리지도 않았다.

"아아!"

긴 탄식 소리가 들렸다. 덩어리 표면이 꿈틀거리더니 무언가가 불룩 튀어나왔다.

그건 썩둑 잘린 용의 머리였다.

그 얼굴을 본 아소가 비명을 질렀다.

"제, 제천군 님!"

"날 그리 부르지 마라!"

제천군이 부르짖었다.

그 외침에 화조명이 킬킬 웃었다.

"염병할 늙은이, 야화가 잘못했다니까. 머리만 남기는 것이 아니라 눈깔 하나만 남겼어야 했는데."

"아, 아아. 창명, 네가 어찌……! 어찌!"

화조명이 이죽거렸고, 제천군은 서러운 목소리로 탄식만 흘렸다.

라이 룽은 지금 눈앞에 있는 것들을 어찌 이해해야 할지 도무지 알 수가 없었다.

마룡왕과 용성군이 말했던 바에 의하면, 화조명을 죽인 것이 제천군이었고 용곡에 사는 마룡들을 모두 죽이라 명한 것도 제천군이었다.

홀로 살아남은 마룡왕은 그 원수를 갚고자, 제천군을 죽이고 용성군에게 뽑은 머리를 보냈다고 했다.

"등잔 밑이 어둡다는 말이 딱 맞지."

"설마 창명이 그러리라 누가 생각이나 했겠나?"

"그래도 이건 제천군의 잘못이지. 자식 교육을 똑바로 하지 못한 것 아닌가."

"이제 와서 그를 탓해 무엇 하나? 결국 다들 이렇게 죽어버렸는걸."

목소리들이 늘어난다. 불쑥 튀어나와 있던 주둥이들이 갑자기 소리 내어 떠들고, 손이나 뼈다귀들도 말은 하지 못해도 바쁘게 움직여 댔다.

"이, 이게 무슨……."

아소가 황망한 목소리로 중얼거린다.

그러자 튀어나왔던 주둥이 중 하나가 아소를 향해 쏘아붙였다.

"이 버르장머리 없는 녀석아. 아무리 창명 그 망할 놈의 권속이라지만, 그 망할 놈도 어른을 보면 고개 숙여 인사할 줄은 알았다."

"그럼 뭐 하나? 서글서글 웃으며 인사하던 놈이 우리를 죄다 이 꼴로 만들었는데!"

"그러니 진즉에 창명이 하자는 대로 했으면 되었을 것 아냐?"

"그 잡놈이 기뻐할 일을 뭐 하러 해주나? 난 이리된 것 후회 안 해. 덕분에 놈에게 기똥찬 엿을 먹여주었으니 말이야."

"거- 말들 좀 조심하소. 제천군이 듣고 있잖소?"

"자식이 후레자식인데 애비가 욕을 안 처먹는 것을 바라는 건 욕심이지, 에잉!"

목소리들이 서로 낄낄대며 떠들었다. 제천군은 아무 말도 하지 못하고 탄식만 반복했고, 화조명은 이 상황이 우스운지 킬킬거리며 웃었다.

아소는 바쁘게 눈을 굴렸다. 당황해 바로 알아차리지 못했지만, 다들…… 어디에선가 들었던 목소리였다.

"다, 당신들은 누구십니까?"

라이 룽은 당황하여 그렇게 물어보았다. 그 말에 처음 아소에게 인사성을 지적하던 머리가 홱 꺾여 라이 룽을 보았다.

"고룡(古龍)이라 하면 뭔지 네가 아느냐?"

"고룡……?"

"고룡!"

아소가 빽 고함을 질렀다.

"서, 설마 원로님들이십니까?"

놀라 외치는 질문에, 기어코 제천군은 눈물을 쏟고 말았다.

"뭘 잘했다고 우는 거요?"

화조명이 두 눈에 쌍심지를 켜고 제천군을 쳐다보았다. 제천군의 머리는 화조명의 바로 아래에 있었다.

"댁의 잘난 아들놈이 벌인 짓 아니오?"

"날 죽인 건 네 딸이다!"

"그건 참 잘한 일이지! 그리고 먼저 시작한 놈이 누군데 억울하다고 떠드는 거요? 우리 모녀를 대뜸 용곡으로 보낸 것만으로도 모자라, 나와 다른 죄 없는 마룡들을 죄다 죽인 놈이!"

화조명이 신랄한 목소리로 쏘아붙이며 퉤퉤 침을 뱉었다. 머리 위에서 떨어지는 침에 제천군이 비명을 지르며 머리를 휘휘 비틀었다.

하지만 그의 머리는 살덩어리와 완전히 연결되어 있어서, 아무리 고개를 흔들어대도 후두둑 떨어지는 침을 피할 수가 없었다.

"그래도 야화가 너무하기는 했지."

"멸룡전에서 야화가 얼마나 대단했는지 아오? 일족에서 힘 좀 쓴다는 용들이 무더기로 덤볐는데, 야화의 비늘 하나 손상시키지 못하더이다."

"전 그리 대단한 기염은 처음 보았습니다. 제가 여태까지 뿜어대고, 보아온 기염은 야화의 것에 비하면 태양 앞의 반딧불 같았지요. 그렇게 대단하니 절 죽였다는 원망도 없었습니다. 죽는다고 생각하기 전에 타죽어 버렸으니까요."

"따지고 보면 먼저 시작한 것은 제천군이지. 괜히 화조명과 야화를 용곡에 보내서……."

"용곡의 마룡이 모든 용을 죽이리란 예언이 있었기 때문이다!"

"그거랑 야화를 용곡에 보낸 것이 뭔 상관이야?"

"원래 태어난 모든 마룡은 낳은 어미와 함께 용곡에 유폐하였잖나! 괜히 트집을 잡아 날 탓하지 마라!"

"그런 시대착오적인 차별이 지금의 상황을 만든 겁니다."

"태어났을 뿐인 우리가 뭔 잘못을 했다고 유폐까지 합니까? 우리 어머니들이 우리를 낳고 싶어 낳은 것도 아닌데, 왜 그분들까지 유폐한 겁니까?"

목소리들이 아우성대며 다투었다. 목소리를 낼 수 없는 손과 뼈다귀들은 서로를 때려댔다.

라이 룽과 아소는 넋이 나간 얼굴로 그것을 바라보았다.

화조명이 저기에 있다는 것으로도 짐작할 수 있는 일이었지만, 저 덩어리에는 용뿐만이 아니라 마룡들도 있었다. 용성군은 마룡왕에게 죽은 부모와 친구를 묻었다 했지만, 거짓말이었던 것이다.

"뭘 그리 따져대오? 용들이 먼저 마룡을 죽였고, 살아남은 야화가 용들을 죽였소. 그리고 원로들은 창명이 직접 죽였지!"

화조명이 내뱉었다.

아소의 눈이 뒤집혔다. 그는 네다리를 후들후들 떨다가 결국 주저앉아 버렸다.

"크, 큰 주인님이…… 원로님들을? 직접? 죽였다고요?"

아소는 원로들은 용들이 서로 다투는 멸룡전에 환멸을 느껴 세상을 등진 것으로 알고 있었다.

더듬거리는 아소를 보며 화조명이 킬킬거리며 웃었다.

"그래! 창명 그 후레자식이 늙은이들을 모두 죽였다."

"대체 왜?"

라이 룽이 당황해 질문했다. 그러자 튀어나온 주둥이 중 하나가 이빨을 딱딱거리며 말했다.

"알지 말아야 할 것을 알았기 때문이지."

"용옥(龍獄) 말이다."

"용옥……?"

"너희 눈앞에 있는 '우리'가 바로 용옥이다. 요즘 것들은 용옥이 뭔지도 모르나?"

"용옥은 오래되고 끔찍한 금단이오. 어쭙잖게 알아 호기심을 느끼는 것보다는 아예 모르는 편이 나아."

제천군이 중얼거렸다. 그러나 원로들은 킬킬 웃으며 제천군을 비웃기만 했다.

"차라리 뭔지 확실히 알게 하고 결코 손을 대지 못하게 하는 것이 낫지!"

"당장 이걸 보세요. 죽은 우리는 안식을 맞지도 못하고 이 추악한 꼴로 혼이 묶여 있잖아요?"

쏘아붙여 대는 말에 제천군은 눈을 질끈 감았다. 그 모습이 꼴 보기 싫었던 것인지 화조명은 카악 하고 끓인 가래침을 제천군의 정수리에 퉤 뱉었다.

"왜, 용성군이 당신들을 그렇게 만든 겁니까?"

"죽은 용의 시체를 한곳에 모아 뭉쳐, 명계로 가야 할 혼을 되돌아오게 하는 것이지."

화조명이 내뱉었다.

"창명은 용곡에서 죽은 마룡의 시체 중 건질 만한 것을 모두 건져 숨기어 몰래 용옥을 만들었다. 거기에 멸룡전에서 야화에게 죽은 용들의 시체도 수습해, 용옥의 크기를 키웠지."

"멸룡전 도중이었다. 제천군이 뒈진 후, 원로 중 하나가 창명이 제천군의 머리를 빼돌려 어디론가 향하는 것을 우연히 보았고, 놈이 용옥을 만들고 있다는 것을 확인했지."

"우리는 어찌해야 할까 고심했소. 창명은 제천군의 아들이었소. 그리고 힘과 재능이 뛰어나고 성정이 깊어 이제 막 일족의 수장이 되었지. 그래서 우리는 그가 결코 손대서는 안 될 금기를 범했다는 것을 일족 전체에게 쉬이 알릴 수 없었소. 그래서 우리는 그 누구도 이 사실을 알지 못하게끔 함구하기로 하였고, 창명만을 은밀히 원로원에 불러들였소."

"그리고 창명을 추궁했지. 왜 저런 것을 만들었느냐고. 지금 당장 모두가 보는 앞에서 용옥을 파괴하고, 결코 다시 저와 같은 금기를 범하지 않겠다 맹세한다면…… 모든 것을 불문율에 붙여주겠다고 말했다."

"창명은 우리의 말을 거역할 수 없는 입장이었습니다."

제천군은 이 이야기를 듣고 싶지 않았다. 그는 두 눈을 질끈 감고서 고개를 푹 숙였다.

"제천군이 죽었기 때문에 일족의 수장이 되기는 했지만, 우리는 아직 창명을 정식으로 인정하지 않았기 때문이죠."

"새로이 일족의 수장이 된 용은 얼마 동안 수장의 역할을 해내며, 원로들의 인정을 받아야 한다. 창명은 이제 막 수장이 되었기 때문에 아직 우리의 인정을 받지 못했어. 놈은 멸룡전 중이니 빨리 수장으로 인정해 달라 말하곤 했지만."

"안 해주길 잘했지."

원로 중 하나가 콧방귀를 뀌며 내뱉었다.

"용옥에 대한 이야기를 하자, 창명은 잠시 생각하더니 지금 여기서 자신을 수장으로 인정해 줄 수는 없냐고 물었다. 당연히, 우리는 그럴 생각이 없다고 말했지. 목에 칼이 들어와도 용옥을 파괴하지 않는 한 널 수장으로 인정하지는 않겠다고 말이야."

"그러자 놈이 진짜로 목에 칼을 들이밀더구나!"

원로원의 모든 고룡들이 창명에게 죽었다. 고룡들은 창명이 반발하고, 힘으로 제압하려 들지 않을까 걱정하기는 했지만, 설마 혼자서 열 명에 달하는 고룡들을 제압할 수 있으리라 생각할 수는 없었다.

"사실은 놈이 이렇게까지 할 줄은 몰랐어."

"우리가 아는 창명은, 의와 도리를 아는 놈이었다. 용곡의 마룡들을 몰살시키기로 할 때 가장 크게 반발하며, 그건 옳지 못하다 떠들었지."

"창명은 우리를 반 죽여놓고서 다시 물어보았지. 아직도 인정할 생각은 없느냐고. 인정해 준다면 살려주겠다고 말이야."

"……인정하지 않으셨군요."

믿고 싶지 않은 일이었다. 라이 룽이 아는 용성군은 절대로 이런 불의한 일을 저지를 존재가 아니었기 때문이다.

하지만 눈앞에 확실한 증거가 있다. 사견(私見)이 더해졌다

한들, 용성군이 원로들을 죽여 용옥을 만든 것은 사실이다.

"당연하지. 그 망나니를 어떻게 수장으로 인정해? 차라리 죽이라고 했다. 그래서 진짜 죽었고."

"윤회하지도 못하고 이 꼴이 되어버렸소."

넋두리처럼 말하지만, 원로들은 자신의 선택을 후회하지 않는 듯했다. 제천군만이 탄식과 눈물을 줄줄 흘릴 뿐이었다.

"용옥이 대체 뭡니까?"

"용신(龍神)이 될 방법 중 하나지. 옳지 못한 방법."

"본래는 용이라는 종이 멸해질 위기를 위한 안배였다. 일족의 수장이 죽은 용의 시체를 한곳에 모아 용옥을 만들고, 최후까지 살아남아서……. 용옥에 붙잡힌 혼들을 제물로 바치는 것이야. 용옥에 고인 혼들이 '허락'한다면, 용옥을 통해 신격을 초월해 용신이 될 수 있다."

신격을 초월한다는 말. 라이 룽은 그것이 무슨 뜻인지 잘 알 수가 없었다.

용성군의 사도라지만 그녀는 인간이었고, 절대신격이 무엇인지는 알지 못했다. 하지만 용성군이 사리사욕을 위해 저 끔찍한 용옥을 만들었다는 것은 분명했다.

"……멸룡전을 위해 용옥을 만든 걸 수도 있지."

"아직까지 그딴 말을 하는 것이오? 팔은 안으로 굽는다더니, 제 아들놈이 이 개 같은 짓을 했는데 아직도 아들 편을 드는군."

"창명은 용옥을 멸룡전이 일어나기 전부터 만들고 있었습니다. 용곡의 마룡들이 죽었을 때부터 말입니다."

"마룡의 시체를 모조리 불태우고 남은 잿밥까지 싹싹 긁어모아서 말이야!"

화조명이 내뱉었다.

살덩이가 꿈틀거렸다. 손가락 하나 남기지 못해 재가 되어버린 마룡들이 그 안에 있었다.

"야화가 밖에 있다고 했지."

화조명이 홱 고개를 돌려 라이 룽을 쳐다보았다.

"예…… 지금 용성군이 성역에 들어오지 못하도록 막고 있습니다."

왜 들어오지 못하게 하는 걸까? 라이 룽은 아직 그 사실을 알 수가 없었다.

용옥을 통해 용신이 되기 위해서는 최후의 용이 되어야 한다고 말했다. 마룡왕 역시 용이니, 용신이 되기 위해서는 마룡왕 또한 죽어야 한다.

"창명 놈, 발등에 불이 떨어진 기분이겠군."

화조명이 킬킬 웃었다.

그 말에 라이 룽이 고개를 갸웃거렸다.

"그게 무슨 뜻입니까?"

"고룡들은 창명을 일족의 수장으로 인정하지 않았다."

"그러니 창명이 용성군이란 신명을 자처하는 것이 웃기는 일인 게지. 신격도 되지 못한 놈이 용성군은 뭔 놈의 용성군인가?"

원로들이 각자 큰 소리로 웃었다.

"신격이 되지 못했다고⋯⋯?"

"놈의 힘은 신격을 뛰어넘었을지도 모르지만, 용의 신격이 되기 위해서는 반드시 일족의 수장이 되어 고룡들의 인정을 받아 업을 쌓아야 한다."

"그건 존재만으로도 너무 강력한 초월종들에게 내려진 제약이오. 초월종인 용은 태어나 성장하는 것만으로 초월적 존재가 될 수 있소. 비록 수가 적다지만, 영원의 세월을 살아가는 초월종들은 그 어떤 종족보다 신격에 도달하기 쉽지. 그러니 초월종이 신격이 되기 위해서는 힘 외의 '업(業)'을 쌓아야 하는 거요. 제천군은 수장이기는 했지만 쌓은 업이 대단치 않아 신격이 되진 못했지만 말이다."

"잠깐⋯⋯ 크, 큰 주인님이 신격이 아니라뇨? 그럴 리가 없어요. 지금 이 성역이나, 우리들은⋯⋯."

"그건 창명의 것이 아니다."

화조명이 큰 소리로 웃으며 내뱉었다.

"우리 전부가. 이 성역이 존재하도록 대행해 주고 있는 것이다."

"놈이 신격으로서 누리는 모든 것들! 창명의 것이 아니라, 우리를 매개체로 하여 대행하는 것에 지나지 않는단 말이오."

"이 성역은 창명의 것이 아니라 우리의 것이고, 이곳에 살아가는 모든 권속이 창명의 것이 아니라 우리의 것이란 말이지."

"그럼 뭐 해? 우리는 죽어 혼만 묶인 처지인데. 이 성역이 우리로 인해 존재하고, 권속과의 계약이 우릴 통해 이룬 것이라지만, 정작 우리는 간섭할 수 없잖아. 창명이 바라는 대로 해줄 뿐이지."

원로 중 하나가 이죽거렸다.

라이 룽은 더 이상 견디지 못하고 자리에 주저앉고 말았다.

모든 것이 거짓말이었다. 모든 세상의 균형을 위한다는 용성군의 말도. 마룡왕을 얘기하며 흘린 탄식도. 모두가 거짓말이었다.

심지어 용성군이 신격이라는 것조차 거짓말이다. 그는 용성군이라는 신명으로 일컬어지는 존재가 아닌, 창명이라는 이름을 가진 거짓말쟁이 용에 불과했다.

의심의 여지가 없었다. 모든 것을 납득할 수 있었다.

만약 이 신비경이 용성군의 성역이 아니라면, 기를 쓰고서 마룡왕이 들어오지 못하게끔 막는 것도 납득이 된다.

신비경의 주인이 용성군이 아닌 이상 성역에서 마룡왕과 싸운다고 해도 그 어떤 이점도 얻을 수 없을 테고, 마룡왕을 절대로 이길 수가 없다.

그뿐만이 아니었다. 라이 룽은 자신이 가진 '권능'들을 떠올렸다. 신비경의 권속들을 소환하고 부리며, 권속과 동화하여 그 힘을 사용하는 것.

그것이 용성군과 계약한 모든 헌터들이 사용하는 권능이다. 레벨이 높아져도 더 강한 소환수를 불러내고, 소환을 유지하는 시간, 더 많은 소환수를 불러낼 수 있게 된다는 것뿐이다.

사도가 되어도⋯⋯ 마찬가지였다. 사도가 되면 군주의 모든 권능을 사용할 수 있다.

하지만 라이 룽이 할 수 있는 것은 용성군 휘하의 사신수를 불러낼 수 있다는 것뿐. 그 외에 다른 특별한 권능 따위는 없었다.

'강신 때도⋯⋯.'

마룡왕과 싸울 적에 용성군은 직접 라이 룽에게 강신했었다.

하지만 그 힘이⋯⋯. 정말 용성군의 것이었나?

바람을 일으키고 신력을 뿜어대고. 신력이 더해졌다지만 다른 능력들은, 이제 와 생각해 보면 하미르가 일으키던 바람과 위력만 다를 뿐이지 형태 자체는 다를 것이 없었다.

"주, 주인님⋯⋯."

"⋯⋯."

라이 룽은 주저앉아 아무 말도 하지 못했다. 이 사실을 어떻게 받아들여야 할지 알 수가 없었다.

뒤늦게 깨달았다. 꾸준히 울리던 진동이 아까부터 뚝 멈춰 들리지 않고 있었다.

[딸아.]

조용한 목소리가 라이 룽의 머릿속에 울렸다. 낮았지만 그 목소리는 라이 룽에게 천둥소리처럼 크게 느껴졌다.

라이 룽은 비틀거리며 몸을 일으켰다.

"……부디 대답해 주십시오."

라이 룽은 꿀꺽 침을 삼키며 용옥을 응시했다.

"당신들이 생각하는 용성군…… 아니, 창명은 어떤 존재입니까?"

"우리에게 대답을 구하지 마라."

화조명이 삭막한 목소리로 대답했다.

"우리는 모두 창명에게 이런 꼴이 되었다. 네가 창명에 대해 묻는다면, 저 얼간이 제천군을 제외하고서는 당연히 좋은 말이 나오지 않을 거다. 너는 우리를 보았고, 창명이 어떤 짓을 하였는지를 알았으니. 네 스스로 창명이 어떤 존재인지 판단해라."

라이 룽은 아랫입술을 잘근 씹었다.

용성군의 목소리는 더 이상 들리지 않는다. 하지만 시간이 없다는 것은 알고 있었다.

"……만약 제가 도망친다면. 그가 저를 불러낼 겁니다."

"도망쳐 무엇을 할 생각이냐?"

"마룡왕…… 야화에게 이 사실을 전하겠습니다."

라이 룽은 떨리는 손을 꼭 쥐었다.

"그가, 대체 무엇을 바라고 용신이 되려 하는지는 모르겠습니다. 하지만…… 이건…… 제가 '용성군'이라 알았던 존재라면 절대 하지 않았을 일입니다. 저는 더 이상 그를 믿지 못하겠습니다."

"야화에게 이 사실을 전한다 하여 무언가 바뀌게 될 것이라 생각하느냐?"

"적어도 그녀가 무자비하게 창명과 맞서게끔은 할 수 있을 겁니다."

"야화가 실패한다면?"

그렇게 물은 것은 고룡 중 하나였다.

그 말에 화조명이 눈에 쌍심지를 켜고 시선을 돌렸다.

"그럴 수도 있잖아, 창명도 꽤 세다고."

"……그녀가 실패한다면……."

마룡왕이 패배하는 모습은 그리 잘 상상이 되지 않는다. 하지만, 만에 하나라도 마룡왕이 패배한다면.

라이 룽은 누군가를 떠올렸다. 일 년 전부터 실종되었다던. 사실상 죽었다고 생각되는.

만약 살아 있었다면…….

"창명이 너를 억지로 불러낼 수는 없을 게다."

화조명이 중얼거렸다.

"놈이 진짜 신격이고, 네가 놈에게 속한 권속이라면 모를까.

너와의 계약은 용옥을 통해서 한 대리 계약일 뿐이다. 네게 준 힘들은 빼앗을 수 있겠지만, 네 의사와는 다르게 널 이곳에 불러들일 수는 없다."

"그는 제 마음을 읽을 수 있습니다."

"그것까지는 어쩔 수 없지. 읽히고 싶지 않다면 다른 신격의 성역에라도 숨어 있거라. 그럴 수 있다면 말이야."

라이 룽은 고개를 끄덕거리며 뒷걸음질 쳤다. 진동이 끊어졌다는 것이 불길하게 느껴졌다.

"감사합니다. 그럼……."

"됐으니까 가거라. 괜히 창명에게 붙잡히지 말고."

고룡 중 하나가 내뱉었다.

라이 룽은 꾸벅 고개를 숙이고서 몸을 돌렸다. 창명이 자신에게 강제로 간섭할 수 없다면, 일단 이 성역을 나가는 것이 최우선이다.

라이 룽은 아소에게 손짓했다.

"가자."

"어, 어디로요?"

"어디라도 좋아. 일단…… 여기서 도망쳐야겠어."

괴이산에 있지 않았던 것이 다행이었다. 만약 신비경을 떠나 괴이산으로 돌아갔다면, 최악의 경우 그곳에서 살아가는 수많은 권속까지 뚫고 나가야 했을 것이다.

'어디로 가야 하지?'

도움을 청할 상대가 있나?

라이 룽은 자신과 친분이 있는 헌터들을 떠올렸다. 용성군과 계약한 헌터들은 당연히 배제했다.

그렇게 아니 알고 있는 헌터의 수가 너무 많이 줄어든다. 그중에서 공적인 관계를 제하고, 사적으로 도움을 청할 수 있는 헌터가…….

"빌어먹을."

라이 룽은 자신의 처참한 교우 관계에 얼굴을 일그러뜨렸다.

이것저것 다 제하고 나니, 남은 것은 실종된 백현뿐이었다.

10장
겨울도 아닌데

라이 룽이 자신의 처참한 교우 관계에 대해 곱씹고 있을 때, 백현은 일 년 만의 귀환을 만끽하고 있었다.

직접 할 필요 없이 들을 수 있는 것은 정수아와 사라를 통해 들어두었고, 그것으로도 부족한 것은 인터넷의 도움을 받았다.

이전 국장인 전태수와도 짧게 만남을 가졌다.

일 년 동안 마음고생을 심하게 한 것인지 전태수는 예전에 보았을 적보다 초췌해 보였다.

마침 정수아의 집에 와 있던 전태수는 백현의 귀환을 반갑게 맞이해 줄 뿐 특이한 모습은 보이지 않았다.

"잘 돌아오셨습니다. 정말, 잘 돌아오셨어요. TV는 봤습니다. 돌아오자마자 거하게 일을 벌이셨더군요."

말은 탓하는 내용이었지만 표정은 전혀 아니었다.

묵은 체증이 내려간 것처럼 개운한 표정을 짓는 전태수를 향해 백현은 농담처럼 말했다.

"그냥 몇 대 때려줄 걸 그랬죠?"

"왜 안 그러셨습니까? 전 당연히 때릴 줄 알았는데."

진지한 표정의 대꾸가 돌아왔다. 전태수는 여전히 농담이 통하지 않는 사람이었다.

백현은 하이로드를 의식했지만, 전태수의 행동에 특별할 것은 없었다. 일 년 동안 도대체 어디에 있었냐는 내용의 뻔하고 당연한 문답만 오갔다.

"관리국이 해체되면서, 보유하고 있던 자료는 전부 국정원과 정부에게 넘어갔습니다. 백현 씨에 대한 자료는 애초에 남기지도 않았으니 걱정은 안 하셔도 됩니다."

"감사합니다."

백현이 꾸벅 고개를 숙이자, 전태수는 손사래를 치며 말했다.

"백현 씨가 정말로 죽었다면 모를까, 행방불명이었잖습니까. 저는 차라리 국가를 적으로 돌리고 말지, 백현 씨와 적이 되고 싶지는 않았을 뿐입니다. 사라 씨도 마찬가지고요."

농담으로 하는 말이 아니었다.

전태수는 백현의 사적인 지인들을 제외하고 백현에 대해 가장 많은 것을 아는 사람이었다. 차라리 겉으로나마 인도적인 국가와 정부의 눈 밖에 나는 것이 나았다.

"아쉽게도 전 정말로 은퇴한지라 백현 씨에게 도움이 될 만한 정보는 가지고 있지 않습니다."

"딱히 그런 걸 바라고 온 건 아닌데……. 근데, 보통 국장 같은 자리에서 은퇴해도 끗발이 좀 남아 있지 않나요?"

"영화를 너무 많이 보셨군요."

전태수가 떨떠름한 얼굴로 대답했다.

"지금의 저는 매스컴과 검찰에 두들겨 맞아 지친 중년일 뿐입니다. 비리가 없고 어비스가 나타난 초기에 세운 공로를 인정받아 철창에 갇히지는 않았을 뿐이죠."

"저런……."

"그래도 먹고살 만은 하니 만족합니다. 어디 보자…… 전 국장으로 그나마 아는 것은…… 팔로워에 관한 것 정도네요."

큰 기대는 하지 않았다지만, 전태수를 만나 뭔가 들어둘 만한 정보를 얻지 않을까 하는 생각이 없었던 것은 아니었다.

팔로워의 이야기가 나오자 백현의 눈에 빛이 켜졌다.

"아직 관리국이 해체되지 않았을 적, 한국뿐만이 아니라 모든 관리국이 팔로워에 대해 살피고 있었습니다. 갑자기 테러 행위를 시작한 혈사자의 헌터들, 마타도르 사이와 연관성이 있지 않을까 하는 의혹 때문이었죠."

"뭐 증거라도 있었던 거예요?"

백현의 질문에 전태수는 살짝 고개를 끄덕거렸다.

"처음에는 심증뿐이었습니다. 갑자기 말도 안 되는 짓을 한다는 것이 심증의 시작이었죠. 당시의 관리국은 많은 비난을 받고 있었기 때문에, 수습은 하지 못하더라도 무능하게 놀고 있는 것이 아니라는 것을 증명해야만 했습니다. 뭐…… 제대로 파악하기도 전에 해체되어 버렸지만, 그래도 아무 소득이 없었던 것은 아닙니다."

전태수의 목소리가 낮아졌다.

"백현 씨가 콜롬비아에서 알아내셨던 팔로워의 계시자들. 끝내 네 명의 계시자 중 한 명이 누구인지는 알아내지 못했습니다. 남은 셋 중 테베스는 미국 관리국으로 보내졌고, 체프는 행방은 관리국이 해체하기 직전까지 알아내지 못했죠. 하지만."

"하지만?"

"쿠웨이트 출신의 계시자, 야두의 위치는 파악했습니다. 그는 중동의 내전 국가에서 암약하고 있었습니다만, 갑작스레 모든 활동을 멈추고 종적을 감추었죠. 관리국의 해체 직전에야 간신히 야두와 그를 따르는 팔로워들이 어디로 갔는지 파악할 수 있었습니다."

"어디로 갔는데요?"

백현은 눈을 동그랗게 뜨며 물었다.

"브라질입니다."

"……브라질?"

백현의 짧은 가방끈으론, 브라질하면 생각나는 것은 축구팀과 삼바 댄스가 전부였다.

'설마 축구와 삼바를 보러 간 건가요?'

머릿속에서 떠오른 말을 그대로 내뱉지 않은 것은, 무식하게 들릴지도 모른다는 자괴감 때문은 아니었다.

바로 곁에서 이야기를 듣고 있던 정수아가 자기 허벅지를 찰싹 소리 나게 내려치면서 알았다는 표정을 지었기 때문이었다.

"아마존!"

"아, 아마존."

정수아가 놀라 외치는 말을 먼저 듣고, 백현은 이미 알고 있었다는 얼굴로 대답했다. 축구와 삼바를 운운하지 않은 것이 다행이었다.

[사용자로 다시 등록하시겠습니까?]

육체가 완전히 죽었기 때문에 천공성과의 연결도 끊어져 있었다.

백현은 천공성의 핵인 아프라스를 쳐다보며 잠시 동안 고민했다.

천공성은 편리한 이동 수단이자 저택이기도 했지만, 진짜 묘용은 천공성의 핵인 현자의 돌, 아프라스와 이동 성역이라는 것에 있다.

이미 한번 사용한 터라 천공성을 더 이상 이동 성역으로 쓸 수 없는 것은 사실이지만, 사용자에게 특화된 고유 공간을 생성하는 기능이 완전히 상실된 것은 아니다.

일 년 전 백현은 심안을 사용한 전투에 특화된 '도원'을 만들었었다.

하지만 막상 생각해 보면 도원에서 제대로 전투를 펼친 적은 없었다. 사라와 대련하고, 샤나크를 두들겨 패는 정도로만 사용했을 뿐이다.

도원을 갖게 된 후로 항상 상대가 좋지 않았다.

마룡왕과 싸울 때는 그녀를 천공성 안으로 끌어들일 방법이 없었다. 그 점을 보완하기 위해 가짜 바알을 재료로 해 새로운 아티펙트를 만들었지만, 그것도 써먹지는 못했다. 이후 싸운 상대가 워낙 나빴기 때문이다.

검무희는 백현보다 뛰어난 심안을 가지고 있었다. 그런 검무희를 도원으로 끌어들이는 것은 자살행위였다.

혈사자와 싸울 적에도 마찬가지였다. 그 공간은 성역이 아닌 천공성이 절대 간섭할 수 없을 만큼 격리된 공간이었다.

"너 없는 동안 내가 좀 썼어."

백현의 뒤편에 삐딱하니 서 있던 사라가 말했다.

듣지 않아도 알 수 있었다. 사라의 무공은 일 년 전과 비교할 수 없이 진보해 있었다.

백현은 아프라스에 손을 가져갔다. 그러자 현재 아프라스에 설정된 전투 공간이 어떤 곳인지 확인할 수 있었다. 그곳은 용암이 들끓고, 눈보라가 끊이질 않는 망가진 세계였다.

사라의 백설염화천무는 무의 축복을 받는 천무성이라 해도 익힐 수 없는 신공절학이다. 태어날 때부터 상반된 극음기와 극양기를 한 몸에 지닌 음양화신의 체질을 타고나야만 백설염화천무를 익힐 수 있다.

사라는 백현이 없는 일 년 동안, 천공성을 통해 인위적으로 만들어낸 저 불모의 땅에서 백설염화천무를 수행했다.

체질이 맞아야만 익힐 수 있는 신공절학에 더할 나위 없는 장소 여건까지 갖춰진 것이다.

일 년은 짧은 시간이나, 그 일 년 동안 사라는 자신에게 최적화된 세상에서 수행에 매진했다.

게다가 저 땅은 단순히 수행만을 위한 세상이 아니었다. 사라가 가장 큰 힘을 낼 수 있는 전투 공간이기도 했다.

"난 괜찮……."

"가져가."

백현의 말이 끝나기도 전에, 사라가 단호한 어조로 내뱉었다.

백현은 눈을 깜박거리며 사라를 쳐다보았다. 성큼거리며 다가온 그녀는 백현의 옆에 서서 아프라스에게 손을 올렸다.

[제1 사용자 자격이 양도됩니다.]

[이전에 등록된 정보가 있습니다. 전 사용자 백현. 확인했습니다.]

[제1 사용자로 등록하시겠습니까?]

"난 괜찮은데?"

백현은 얼떨떨한 표정으로 사라를 쳐다보며 물었다.

사라는 백현을 홱 째려보더니, 백현의 손목을 강하게 낚아챘다.

"이거라도 있어야 또 어디서 안 죽고 돌아올 것 아냐?"

그것에 대해 따지고 드니 거절할 수도 없었다.

백현은 떨떠름한 기분으로 천공성의 사용자 등록을 시작했다.

"이거도 가져가."

사라는 백현이 사용자 등록을 하는 동안 자신의 방에 다녀왔다.

그녀의 손에는 백현이 죽으면서 잃어버린 아티펙트가 들려 있었다. 살령은 당연히 없었고, 하블도 없었다.

"한번 사용했으니까 어쩔 수 없댔어."

악몽의 결정자에게 들어둔 모양이다. 원래 하블은 딱 한 번

밖에 사용할 수 없다고 했다.

그나마 파라넥트가 남았다는 것이 내심 다행이었다. 백현은 아직 인간이었고, 그의 적은 불멸자인 신격들이다. 거짓 불멸성이라도 두르고 있지 않은 한 신격과의 전투는 일방적이고 부조리할 수밖에 없다.

"아라크네는 망가졌었는데?"

"너 없는 동안 발렌시아가 한번 찾아와서 전해줬어. 망가졌을 것이 뻔하다면서."

검무희에 이어 혈사자와 바로 싸우는 바람에 아라크네는 산산조각이 났다. 꽤 요긴하게 잘 써먹던 아티펙트여서 아쉬웠는데, 설마 발렌시아가 미리 준비해 놨을 줄이야.

백현은 발렌시아의 준비성에 감탄하며 아라크네를 살펴보았다.

"더 튼튼하게 만들고, 기능도 조금 추가했다고 했어. 착용하면 뭔 기능인지 알 거래."

"다른 건 없었어?"

"칼자루는 마룡왕이 가져갔어."

물어볼 줄 알았다는 듯이 사라가 시선을 쏘아댔다.

"남 좋은 일만 시켜준 꼴이지. 아냐?"

"크흠."

"나도 대충 들었거든? 심안이라는 거 말이야. 네가 괜한 짓을 한 덕에 마룡왕이 심안까지 갖게 됐잖아."

사라가 이죽거리는 말이 비수가 되어 백현의 가슴에 푹푹 박혔다.

남 좋은 일만 해주었다는 것은 부정할 수 없는 사실이었다. 이 덕에 마룡왕은 검무희의 심안까지 손에 넣게 되었다.

백현이 그나마 마룡왕과 싸워 버틸 수 있었던 것은 심안 덕분이었는데, 이젠 심안의 덕도 못 보게 되었다.

"그…… 저녁 뭐 먹을래? 시켜 먹을 거야? 아니면 나가서?"

백현이야 일주일일 뿐이지만 사라에게는 일 년의 묵은 감정이 남아 있다.

게다가 사정도 잘 모르고 줄곧 기다린 것은 사라 쪽이다. 예전의 백현이라면 사라가 이렇게 쪼아대면 따박따박 반박했겠지만, 지금은 그럴 수가 없었다.

'그럼 내가 쓰레기지.'

사라는 씰룩거리며 억지로 미소를 짓는 백현의 얼굴을 잠시 노려보았다.

너무 쏴댔나 싶은 생각이 들었지만 미안하다는 생각은 전혀 들지 않았다.

백현을 기다리며 보낸 일 년을 생각하면 몇 날 며칠 잠 한숨 자지 않고 갈구어도 부족했다.

꾸준히 찾아와 준 정수나 서민식, 아닌 듯 챙겨주던 샤나크와 제 한 몸 바쳐 사라의 스트레스를 받아주던 봉제 인형이 아니었다면 대형 사고를 쳐도 진즉에 쳤을 것이다.

"……안 시켜 먹어."

"그럼 나가서 먹을까?"

"아니, 해 먹을 거야."

사라는 작은 소리로 중얼거리며 몸을 일으켰다.

그 말에 백현의 입이 뜨악하고 벌어졌다.

"……해 먹는다고? 어떻게?"

"어떻게는 뭐가 어떻게야? 재료 사서, 만들 거야."

"누가 만드는데……?"

"내가."

백현은 그 말을 어떻게 받아들여야 할지 도저히 알 수가 없었다.

사라는 백현의 표정이 다채로이 변하는 것을 보며 입술을 꾹 다물고 백현을 노려보았다.

백현은 뒤늦게 표정을 가다듬고서 어색한 웃음을 지었다.

"라면?"

"맞을래?"

"기, 기대할게."

퍽이나.

사라는 들으란 듯이 콧방귀를 뀌며 홱 몸을 돌렸다.

백현은 멀어지는 사라의 등을 보며 꿀꺽 침을 삼켰다.

사라와 함께 살면서, 그녀가 직접 요리를 하는 것은 단 한 번도 본 적이 없었다. 백현이 아는 사라는 소파에 퍼질러 누워 군것질이나 하고, 하루 세끼를 배달 음식으로 때우는, 선천적으로 요리와는 아득한 거리감을 가진 인간이었다.

[일 년은 새로운 취미를 붙이기 충분한 시간입니다.]

아프라스가 중얼거렸다.

백현은 낮게 헛기침을 하며 주저앉았다. 사라가 음식을 만드는 것에 얼마나 시간이 걸릴지는 모르겠지만, 괜히 도와주겠다고 나갔다가는 안 먹어도 될 욕을 먹게 될 것 같았다.

일단 아티펙트들을 착용했다. 아프라스와 연동시킨 귀걸이를 귓불에 박아 넣고, 파라넥트에 새로 피를 흘려 넣어 주인으로 각인시켰다.

그것마저 목에 건 뒤에 아라크네를 손목에 착용했다.

[어?]

성능이나 확인해 볼 겸 일어서는데, 머릿속에서 목소리가 들렸다.

백현은 놀라서 주변을 둘러보았지만 아무도 없었다.

[너 돌아왔어?]

놀란 목소리.

백현은 그것이 발렌시아의 목소리라는 것을 조금 늦게 깨달을 수 있었다.

"뭐야?"

[뭐기는, 통신 마법을 각인해 넣었어. 너 어떻게 된 거야? 일 년 동안……]

"이걸 또 말해야 돼?"

[말하기 싫으면 말고, 기껏 걱정했더니.]

"굳이 내가 말 안 해도 인터넷 검색하면 나올 거야."

[얼씨구, 팔자 좋은 소리 하시네. 너 지금 내가 어디에 있는 지는 알고 인터넷 운운하는 거야?]

발렌시아가 어이가 없다는 목소리로 쏘아붙인다. 백현의 머 릿속에 축구와 삼바가 빠르게 스쳐 지나갔다.

"아마존?"

[이 빌어먹게 넓은 밀림에서 인터넷이 원활히 터질 것 같아?]

하긴, 서민식도 전화를 안 받던데.

"마침 잘 됐다. 거기 어때? 지낼 만해?"

[지낼 만하냐고? 너 지금 내 기분 엿 같으라고 일부러 그러 는 거지? 야, 내가 여기 도착하고 처음 만든 아티펙트가 뭔지 알아? 벌레잡이 아티펙트야! 뭔 놈의 날벌레가……!]

"그거 만들 여유도 있었던 것 보면 꽤 괜찮은 곳 같은데?"

[아니! 전혀! 왜 나처럼 인텔리한 사람이 이딴 오지에서 개고 생을 하고 있는지……! 아이언메이드가 가자고 지껄이지만 않

왔어도 이딴 곳은 평생 안 왔을 거야.]

발렌시아가 짜증이 뚝뚝 떨어지는 목소리로 내뱉었다.

백현의 생각대로였다. 발렌시아가 직접 아마존에 가겠다고
나설 리가 없는데, 역시 아이언메이드가 부추긴 모양이었다.

"뭐 하고 있어?"

[뭐 하긴, 여기는 아직 새벽이야. 엿 같은 새벽. 난 원래 이
시간에 깨 있지만, 나머지는 퍼 자고 있겠지.]

"지금 너 혼자야?"

[그럼 내가 다른 놈이랑 같은 텐트를 쓸 것 같아? 아, 물론
비서는 같이 있지. 아직 코 골고 자고 있지만. 까놓고 물어보
지 그래? 너랑 친한, 그, 템페스트의 사도와 악몽의 결정자의
사도는 뭐 하고 있냐고.]

발렌시아가 킬킬거리며 웃었다.

[템페스트의 사도는 한 시간 전쯤에 헌터들 데리고 탐색 포
인트로 떠났어. 별일 없을 테니 한 두어 시간 있다가 돌아오겠
지. 악몽의 결정자의 사도는……. 그 엿 같은 새끼는 뭐 하는
지 모르겠네. 닥치라고 몇 번을 말했는데 기타를 계속 쳐대길
래 아예 신경을 끊어버렸어.]

서민식은 몰라도 샤나크는 잘 지내는 모양이었다.

"탐색 포인트……."

백현이 작게 중얼거리는 소리를 들은 발렌시아가 헛웃음을

흘렸다.

[일 년 만에 돌아오더니 아직 현실 파악을 못 하셨나 봐. 여기가 × 같은 곳이기는 해도, 사도한테 위험할 정도는 아니야. 온갖 몬스터가 득실거리고 고스트가 원주민처럼 산다는 이야기는 있지만, 아직 고스트랑 조우한 적도 없어. 몬스터야 뭐…… 일반 헌터 수준에서야 위험한 정도지.]

"그래?"

[그럼 내가 뭐 하러 너에게 거짓말을 할까? 널 안심시키기 위해? 내가 그렇게 사려 깊은 사람은 아닐걸.]

투덜거리는 말에 백현은 피식 웃어버렸다.

그렇게 말하는 주제에 먼저 아라크네를 새로 만들어 사라에게 보낸 것은 발렌시아였다.

[템페스트의 사도는…… 걱정 안 해도 돼. 난 놈이 예비 사도라는 걸 아직도 못 믿을 정도니까.]

그건 정수아가 했던 말과 똑같았다. 하지만 발렌시아는 다른 말도 덧붙였다.

[솔직히. 난 놈이 정말로 템페스트의 권속이 맞는 건지도 잘 모르겠어.]

'저녁도 같이 먹고 싶었는데.'

정수아는 넓은 침대에 벌러덩 누워 천장을 보았다.

이럴 줄 알았으면 같이 가도 되냐고 물어볼 것을 그랬나.

'아니, 그렇게 하는 것은 너무 실례지.'

결국, 그렇게 생각하고 픽 웃어버렸다.

마음은 마뜩잖았지만, 그래도 아주 나쁜 기분은 아니었다.

일 년은 어쩌면 길게, 또 어쩌면 짧게도 느껴지는 시간이다. 정수아는 자신이 보낸 일 년을 생각해 보았다.

……빨랐다. 느리다는 생각은 해본 적이 없었다. 정식 사도가 된 후로부터, 너무 바쁘게 지냈다.

세상은 개판이 되었고 관리국은 무너졌다. 사람들은 헌터의 위험함을 비난하면서도 헌터의 힘에 의지했다.

정수아는 그런 세상의, 한국의, 유일한 사도였다. 다른 사도들은 대중들의 비난을 무시하고 자기 하고 싶은 대로 하는 모양이었지만, 정수아는 도저히 그럴 수 없었다.

'하라'는 정부의 강압적인 명령들, 불쾌감과 사명감을 함께 느끼며 따랐다. '도와주십시오'라고 말하는 부탁에는 단 한 번도 거절을 생각한 적이 없었다.

그러니 바쁠 수밖에 없었다. 어비스와 현실을 오가는 생활. 한국의 유일한 사도, '순종적인,' '안전한,' 무기이자 방패.

그뿐인가? 국방부 소속의 특수 헌터 부대는 해체된 관리국의 토벌대의 새로운 이름이었다. 정수아는 그들의 부대를 직접 찾아가, 짧게나마 교관직까지 수행했다.

어비스와 헌터에 관련되어 타국과 중요한 외교 행사가 있으면, 정장을 차려입고 대통령의 바로 뒤에 서, 충실한 종노릇도 해주었다.

국가의 콧대를 세워준 대가는 정수아의 가족과 전태수에 대한 일종의 면죄부가 되었다.

사도인 몸은 지치지 않아도, 정신은 지칠 수밖에 없을 정도로 바빴다.

그렇게 살면서 정수아는 꾸준히 사라를 찾아갔다. 사도가 되고 막 나와서, 백현이 실종되었다는 이야기를 듣고. 놀라 찾아갔을 때의 사라는…… 당장 죽어도 이상하지 않을 몰골이었다. 눈 밑은 시커멓고, 머리는 푸석하고, 입술은 가뭄기의 논밭처럼 메마르고 갈라졌다.

그녀는 그렇게 방치되어 있었다. 제주도에서 돌아온 서민식은 어비스에서 아직도 돌아오지 않은 시점이었고, 샤나크는 외교 문제를 들먹이며 한국을 압박하는 러시아를 진정시키고자 잠시 러시아로 귀국했기 때문이었다.

정수아가 천공성에 들어왔을 때, 사라는 텅 빈 거실에 주저앉아 멍한 눈으로 정수아를 쳐다보았다.

그렇게까지 해줄 사이는 아니있는데. 그렇게 피폐해진 모습을 보니 이쪽이 견딜 수가 없었다.

정수아는 사라에게 달려가 마른 몸을 끌어안아 주었다. 사람의 몸이 이렇게나 차가울 수 있다는 것을 그때 처음 알게 되었다.

백현이 실종되었다는 것은 정수아에게도 큰 파장을 일으킬 사건이기는 했다. 슬프고, 걱정되고…… 당연히 그랬다.

하지만 정수아는 해야 할 일이 너무 많았다. 너무 많은 사람이 그녀에게 무언가를 바라고 있었다. 그 감정에만 매달리기에는 너무 바빴다.

사라는 아니었다. 그녀는 백현뿐이었고, 그 외에 다른 것들은 그녀 스스로가 모조리 단절시켜 버렸다.

꾸준히 찾아가 말을 걸고 돌봐주다 보니 서민식이 돌아오고, 샤나크가 돌아왔다.

서민식도 기절할 것처럼 굴었지만, 그는 이미 '경험'을 가지고 있었다. 식물인간이 된 백현을 5년 동안이나 간호한 경험. 그 덕분에 서민식은 백현이 반드시 다시 돌아올 것이라고 믿었다.

사라는 그러지 못했다. 지금이야 제법 예전처럼 돌아왔지만, 백현이 실종되었을 당시의 사라는 처참하고 가여운 모습이었다.

그걸 알기 때문에, 정수아는 도저히 사라의 시간을 방해할 수가 없었다.

'……그래도 재생의 뱀 님이 쪼아줬으면 얼굴에 철판 깔고 따라갔을 텐데요.'

멍하니 천장을 보던 정수아는 피식 웃으면서 그렇게 생각했다.

재생의 뱀은 그런 성격이었다. 타인을 배려하는 것보다는 철저히 자기만을 위하는 성격.

솔직히 정수아는 자신과 재생의 뱀의 성격이 정반대라고 생각했다.

하지만 싫지는 않았다. 재생의 뱀의 그런 마음으로 쏘아대는 질책은, 정수아가 스스로 내리지 못할 결단을 내리게끔 도와주는 핑곗거리로 훌륭했기 때문이다.

'물론 재생의 뱀 님은 제가 이런 성격인 걸 싫어하시지만, 그래도 뭐 어쩌겠어요? 제가 어릴 적부터 다른 사람들을 도우란 말을 워낙 많이 들었…… 재생의 뱀 님?'

정수아는 몸을 일으키면서 고개를 갸웃거렸다.

"최근 도통 말이 없으시네."

뱀도 겨울잠을 자던가?

정수아는 그런 생각을 하며 고개를 갸웃거렸다.

"겨울도 아닌데 말이야."

재생의 뱀이 늘 말을 걸어오진 않았기 때문에, 이번에도 그리 대수롭지 않게 생각하지는 않았다.

To Be Continued

崑崙覇仙

곤륜패선

윤신현 신무협 장편소설
WISHBOOKS ORIENTAL FANTASY STORY

선대의 안배로 인해 시공간의 진에 갇힌
곤륜의 도사 벽우진.

"……뭐야? 왜 이렇게 되어 있어?"

겨우겨우 탈출해서 나온 그의 눈에 보이는 것은!

"정말, 정말 멸문했다고? 나의 사문이? 천하의 곤륜파가?"

강자존의 세상, 강호.
무너진 곤륜을 재건하기 위해 패선이 돌아왔다!

곤륜패선(崑崙覇仙)

'이왕 할 거면 과거보다 더 나은 곤륜파를 만들어야지.'

Wish Books

나는 될 놈이다

글쓰는기계 게임 판타지 장편소설
WISHBOOKS GAME FANTASY STORY

판타지 온라인의 투기장.
대장장이로 PVP 랭킹을 휩쓴 남자가 있다?

"아니, 어디서 이런 미친놈이 나타나서……."

랭킹 20위, 일대일 싸움 특화형 도적, 패배!

"항복!"

'바퀴벌레'라고 불릴 정도로
끈질긴 생명력을 가진 성기사조차 패배!

"판타지 온라인 2, 다음 달에 나온다고 했지?"

평범함을 거부하는 남자, 김태현!
그가 써내려가는 신개념 게임 정복기!